風の音楽

——はばたけ九条の心——

深山あき　歌集 III

鈴木裕子【編・注】

梨の木舎

風の音楽——はばたけ九条の心

深山あき

歌集Ⅲ

アンデスの風の音楽を聴きて居り国境・軍《いくさ》なき地球は来ぬか

目次

I

Ⅰ　秋の日に会う

一九九九年～二〇〇三年

忘れ得ぬ出会い

（尹貞玉《ユンジョンオク》女史）一九九八年十一月十日

風少し冷たき秋の日に会えりチマチョゴリ濃紺《こん》に清楚なる尹《ユン》女史*

その裡《うち》に勁《つよ》きひとすじの意志もちてなおたおやかに謐《しず》かなる尹女史

尹女史の日本語「皇民化教育」の故《ゆえ》と知りたり胸塞《ふた》ぎ居り

尹女史と古川さん*とわたくしと忘れ得ぬ出会いわが終章に

チマチョゴリ裂《さ》かれし少女あることを　来日の尹女史チマチョゴリなりき

被害者と挺対協のこころ蔵《おさ》め賜《た》びし螺鈿《らでん》の小匣《こばこ》の光彩

金大中《キムデジュン》大統領来日　　一九九八年十月七日

〈日王〉を〈天皇〉と変え民族の苦難・屈辱軽んじられゆく

「謝罪するな国家の誇りと名誉守れ」不遜なる言葉飛び交《か》うこの国

〈謝過《サグァ》〉より〈謝罪《サジェ》〉への逡巡《しゅんじゅん》*いか程の罪の意識ぞ加害国日本

歴史認識決着したりと加害者いう罪責告ぐるなき深き断層

植民地支配の無惨に口閉ざし天皇訪韓を請う清《すが》しからず

天皇の訪韓など請《こ》うな「不幸なる過去の一時期」と片づけられて

もたらしたものが「大きな苦しみをもたらした時代」としらじらと言う

国家賠償に触れぬ謝罪を評価すと「慰安婦」の深き恨《ハン》しづまらず

身の裡《うち》より絞《しぼ》る〈哀号《アイゴー》〉の叫び聴かずやああ「慰安婦」にも触れざる妥協

性奴隷と一生《ひとよ》奪いしに悔悛《かいしゅん》なく恨沸《ハンたぎ》る叫びあらん〈天皇招請〉

植民地支配も戦争の罪責も糾《ただ》さぬ日韓友好がありぬ

心あらぬ謝罪と思うに評価すと仮面かぶりし〈友好〉の合唱

誠意なき謝罪日本は悪しき国ぞパートナシップ意義深しなど

金大中拉致《らち》されし暗き事件*むしろ共犯者日本政府は

経済と政治の泥濘《ぬかるみ》民衆の心の叫びは埋葬されて

民衆の忿《いか》りの声聴け「友好」と醜き政治の美しき言葉

言葉喪う

チマチョゴリ裂かれし少女らの悲鳴「慰安婦」連行に繋《つな》がる差別

屈辱と悪《あ》しき病いに苛《さいな》まる被害者の現在《いま》に言葉喪《うしな》う

皇軍の性的奴隷と堕《お》とされて国も兵士も謝罪なかりき

拉《ら》致《ち》されて軍の性奴隷とされし女性《ひと》ら死にたる兵より惨《むご》しその一生《ひとよ》

自衛隊の対人地雷保有

自衛隊の対人地雷《たいじんじらい》百万発廃棄《はいき》すと保有はいまにして聞く

地雷廃絶のベル・リンキング核全廃《ぜんぱい》の鐘は鳴らぬか人智あやしき

いかばかりの人間《ひと》を殺《あや》めん自衛隊の弾薬保有十一万六千噸《トン》

〈ウォーマニュアル〉

早春の銀座を花持ちプラカード持ち女性らガイドライン反対のデモ

〈ガイドライン〉反対デモの先頭に車椅子《くるまいす》百歳の櫛田《くしだ》ふき＊凛《りん》と

国会を揺がす大きデモもなく戦いに踏み込むか　〈ガイドライン法案＊〉

戦いに踏み込む時も穏《おだや》かに神を説かんかかつてのごとく　〈ガイドラインと教会〉

〈戦争《ウォー》の手引《マニュアル》き〉を〈ガイドライン〉と呼び新聞も報ぜぬ大いなる危機

タイミングよき不審船《ふしんせん》の出没ぞガイドライン国会審議のただなか

むかしロシアいま北朝鮮と敵視国設定されて防衛費増えゆく

軍事国家北朝鮮の異様なるを容易ならざるか〈太陽政策*〉

「血と骨の旗」

〈血と骨の旗〉とうたいし詩人*あり日の丸押し立てて侵略したり

戦いに踏み込むための尊大と差別の教育〈国体の精華*〉

「君が代は千代に八千代に」貧困と戦争、特高、治安維持法*

天皇家、日の丸、君が代も残されて戦後とは何なりし民主育たず

天皇のため国のためになど死するな不戦兵士語る深夜放送に

戦前回帰執念《しゅうねん》としたる党ありて半世紀を支配しいまあげる歓声《かんせい》　（自由民主党）

お家大事、主君大事のドラマ旺《さか》ん〈家〉より〈国〉より放たれぬ民衆《たみ》

仇討《あだう》ちのドラマ好むは民族性か軍備強大を望む男ら

死は前面より

七十にて地震《ない》に遇《お》いたりそれよりは死は前面より近づきてくる

暁《あかつき》の薄明《はくめい》に目覚《めざ》め思うことわが不倖《ふしあわ》せ息子《こ》の不倖せ

壮絶《そうぜつ》に生き壮絶に逝《ゆ》きし父ひとり子われの介護も受けず

看護婦辞《や》め職員減りゆく実態を強弁《きょうべん》す「サービスの低下はない」

売り上げが増えた減ったという表現入居者募《つの》るこの老人ホーム

脳髄は腐蝕《ふしょく》しゆかん老人ホーム卑屈《ひくつ》の上に卑屈重ねて

電話長し笑うなテレビ小さくせよ気鬱《きうつ》重なれる肺気腫の夫《つま》

長くきびしき夏ようやくにアメリカン・ブルーの小花風に揺れ居り

白木蓮《はくもくれん》の蕾《つぼみ》寒風にもふくらむを春来ぬ人生の冬を生き居り

セザンヌ描く〈首吊りの家〉*の向うの空意外に明るし死者は空を見たか

野の花

大方の介護を伴侶《はんりょ》に背負わせて利用している有料老人ホーム

熱少しひきたる時に歌載れり「近藤先生のお見舞いよ」とわれは
（朝日歌壇選者・近藤芳美）

死ぬるまで狂うな狂わず逝きて話せ待つは墓の中なるちち、はは

「まだ死ぬという仕事が残って居《お》ります」われによりきびし三浦綾子のことば

老いるとはかかる寥《さび》しさ先立てる血縁、友の顕《た》ちくるを数えて

終焉《しゅうえん》のかくあれと希《ねが》う寂しき刻雲の移りの美《は》しき夕映《ゆうば》え

里の友と山桃《やまもも》採《と》りしこの夏の日暮れも過ぐれば追憶とならん

人生の終着駅まであといくばく山路《やまじ》来て小さき野の花に会う

しだれ桜いま満開に一輪二輪花ごと散るはさびしと友言う

「国旗国歌」法・有事法成立

「歌わない自由はない」法制化*に早も言いたり君が代怖《こわ》し

良心を剥奪《はくだつ》されし教師らに掲げ歌わされるか〈日の丸、君が代〉

〈君が代〉の伴奏拒《こば》めば免職とぞ〈内心の自由〉に切り込みてくる

一つ方向《かた》に民靡《なび》かせんとする時に権力は手をつける教育の改革

キリスト者も仏教界もいくばくの声挙《あ》げしぞ〈有事法〉成れり

多子奨励の声ふたたびか狙《ねら》うもの家族介護と死んでくれる兵士

〈キリスト者戦争責任の告白〉* をまた戦争《いくさ》熄みたるのちにするのか

即位十年

天皇即位十年祝典　一九九九年十一月

戦争の罪障《ざいしょう》重く曳《ひ》きしまま即位十年何を祝うのか

二重橋の闇に向ってつづく万歳この国に革命歌など聞えず

天皇教に収斂《しゅうれん》されざるひとすじの意志　〈忠魂碑〉二十四年のたたかい＊

天皇制支配機構を創りたる明治を評価せり司馬史観《しばしかん》というは

反体制ならねば司馬遼太郎《しばりょうたろう》華々し生前も死後も喧伝《けんでん》

天皇制軍国時代に民飢えて娘は売られ兵は死なされ

〈殺しつくし奪いつくし焼きつくす〉神の国といい聖戦と言えり

〈天皇帰一《てんのうきいつ》、神の国〉にていくさ起し彼我いく千万の大量殺戮《さつりく》

皇太后の＊「蟹《かに》」の絵賞《ほ》めて平山郁夫も天皇教に組込まれゆく

天皇教に収斂《しゅうれん》されてゆく時に液化して人間《ひと》は勲章と花束

〈人の上に人を〉つくりて福沢諭吉　脱亜入欧・天皇制も

とりかえすすべなきひと生《よ》

皇軍の性奴隷とされし無惨「従軍」の文字消すという教科書

侵略も虐殺もああ「慰安婦」も虚妄というか真実歪めて

皇軍の性奴隷とされとりかえすすべなきひと生《よ》裂かれしひと生《よ》

拉致されて軍用性奴隷と堕《お》とされぬ生き死に無惨闇よりの欷歔《ききょ》

九条毀《こほ》つ企み

戦場の沖縄戦後は基地を強《し》いいまサミット*に籠絡《ろうらく》しゆく

過去《すめこし》を省《かえり》みず未来を憂えずざわざわと憲法「改正」の声

戦前へ還《かえ》る流れをとどめ難《がた》きか改憲の危機叫ぶ声小さく

米国に〈九条の会〉ありこの国に九条毀《こほ》つ大き企《たくら》み

聖戦大碑

暴逆の限りをつくしし大戦を聖戦と呼び大き碑は建つ

〈大日本帝国〉は現出す十二米《メートル》の聖戦大碑に協賛の人ら

全アジアを侵し虐殺の大き罪業《つみ》「歴史を照らすかがみ」と詠《よ》み居り

車椅子《くるまいす》の栗原貞子《くりはらさだこ》平和集会に読む〈何のために戦ったのか*〉

（石川県・聖戦大碑）

介護保険制度

「死にたい」と日々言う夫《つま》が入院を拒《こば》めり「病院に入れば死ぬ」

ＭＲＩ＊脳萎縮《のういしゅく》危《あや》ぶみ問う吾に「年齢《とし》相応」とさりげなし医師は

脳萎縮まぎれなき退嬰《たいえい》よ酸性雨に斑《まだら》なす朝顔の花弁

防衛費世界上位の国にして本気でしょうか介護保険制度

統一の希い

二〇〇〇年シドニーオリンピック

時空《じくう》を超え国境《こっきょう》を越えて風は吹く先住の民フリーマンの点火

アボリジニとオーストラリアの二つの旗スタジアム回るフリーマンの意志
（金メダル受賞）

独立ののちも騒乱《そうらん》東チィモールの選手はひとり五輪旗掲《かか》ぐ

白地に青朝鮮半島の地図染めぬき統一旗〈平和〉の風孕《はら》みたり

統一旗支えるは北の朴《パク》、南の鄭《チョン》〈共存〉へ歓声と拍手沸《わ》きたり

南北の選手ら手握り手高くあげああ〈統一の希《ねが》い〉への行進

「コリア、われらの願いは統一」と歌えり南北を分たぬ合同応援

アリランの曲は流れて統一旗うねりて進む　曙《あけぼの》よ来たれ

植民地・戦争・分断と苦難の民衆《たみ》アリランは流れ統一旗波打つ

奇怪《きっかい》よ統一を歓《よろこ》ばぬ声韓国に軍にかかわる人らと聞けり

韓国軍米国の傭兵《ようへい》なりと尹女史のことば適確なりき　（尹貞玉女史）

南北の民衆《たみ》ら手を握り相抱け苦難ののちのワンコリアの叫び

朝鮮半島に〈統一〉の曙光《しょっこう》日本に〈神の国〉の闇《やみ》ふたたびか＊

朝鮮半島分断の罪責《せめ》われらも負《お》う三十六年植民地となしたる

メダルになどこだわるな侵略の汚点ぬぐわれぬ〈日の丸と君が代〉

サマリアの女

強すぎる〈メメント・モリ〉累々《るいるい》と痴呆《ちほう》、老残、襤褸《らんる》のホーム〉
（メメント・モリ＝死を忘れるな）

老人ホームに時報きく時しばしばも獄舎のごときおもいに居たり

吾と夫《つま》の五十数年何なりしサマリアの女「夫なし」と答う*

葬式をせぬ葬式のこと記し茫々《ぼうぼう》歳月は哀《かな》しかりけり

被災者に何もせぬ行政マスコミがボランティアを持ちあげている

尊厳死《そんげんし》を延命措置を拒《こば》むと志《しる》す冬昏《くら》きひと日雪降り出でぬ

ほどほどに幸せな人が神に祈り究極の不幸が救われずいる

信なけれどいま賛美歌うたいたし〈重荷を負うものみまえに来れ〉と

息子《こ》が学びし時代《とき》は遼《はる》けく老人ホームに息子《こ》の高校の合唱隊来る

生きることすでに重荷となりいるを誕生祝いのカード貰《もら》えり

〈わすれなぐさ〉コーラスの友ら寄りて歌う僧も牧師もなき葬送に

家族、家族それのみの国に老人ホーム家族なきひとらのさびしき終末

若き日は愚かなりしか惨《むご》き老いを死を一大事と思わざりしを

リュック背負《せお》い前ゆく老女と距離保ちわれもゆるゆると冬の坂道

いくさなどあらすな

アジア蔽《おお》う二千万の虐殺を〈解放〉というか「つくる会」教科書*

「こんな御陵《ごりょう》大方は嘘」と山の辺の道*心許せる歌友《とも》らの会話

〈神の国〉なれば侵略も聖戦か殺《あや》めし他国の民衆《たみ》二千万

巨額なる生活保護吾も欲《ほ》しとあるひと言えり天皇家のこと

憲法違反の疑いあるに〈皇室外交〉政府主導に出歩かれ居り

大量虐殺の王が平和の王となり御陵《みささぎ》の睡《ねむ》り*　蒙昧《もうまい》はここより

〈アヴェ・マリア〉チェロ弾《ひ》く乙女の白き腕清《かいなきよ》らに優《やさ》しいくさなどあらすな

暴走する悪《あ》しき政治を受容せず「批判者と生きる決意」われも

女性国際戦犯法廷　二〇〇〇年十二月　東京九段会館（旧軍人会館）・日本青年館

「天皇ヒロヒト有罪」に会場沸《わ》きしとぞ〈女性国際戦犯法廷〉

千五百人の集会報ぜぬマスコミがあり天皇を言えば右翼襲う国

地の上のどの獣《けもの》より醜《みにく》きか「慰安婦」に挑《いど》む兵士らの群れ

罪業など思わず「天皇の賜《たまわ》りもの」と兵士ら平然と「慰安婦」に挑《いど》む

いちにんの「慰安婦」に兵士幾十人挑《いど》める日々とぞ　死より惨《むご》し

占領のアジアその地で婦女子犯し虐殺重ねし天皇の軍隊

「慰安婦」を犯《おか》し苛《さいな》みし兵士らが半世紀を黙《もだ》す妻子の前に

罪重き男ら尋常に生き罪のなき「慰安婦」侮蔑《ぶべつ》と病苦曳《ひ》きたり

〈哀号《アイゴー》〉の叫び心裂かれ身を裂かれひと生《よ》裂かれたり性奴隷とされて

戦争と女性への暴力「日本軍性奴隷」とされし悲痛の証言

「父の目前《まえ》に母も私も犯されて父は殺され母は狂い死にし」と
（楊明貞さん*＝中国・法廷証言）

思惑のあれば国が回避せし〈天皇を裁《さば》く〉国際民衆の法廷

こののちにくるもの

集団的自衛権、靖国、教科書も　反動の思想と「改革」とは何

憲法「改正」反対の集会五千人とぞ報ぜぬマスコミとこののちにくるもの

六〇年安保も大学紛争も遼《とお》きか復古狙《ねら》う大いなる危機に

犠牲者にして虐殺者たりし兵ら　A級戦犯合祀《ごうし》のみにあらず

汚職、収賄、戦争好む権力がまことしやかに言う道徳教育

〈君を天、臣を地〉とする必謹の十七条憲法*民主に遜《とお》し

海を前に寺の墓所あり集められて兵の墓建つ明治、昭和の戦争

小さき歌会

歌友《とも》四人遠きを訪《と》いくれて老人ホームの茶房《さぼう》に小さき歌会となりぬ

遊歩道の小さき菫《すみれ》に声あぐる歌の友四人こころ繊《しな》やかに

もう一年誰も欠けるな再びの春につくしを摘《つ》みに来よと言う

骸《むくろ》ひとつ運ばれて燃やす葬送のことさわさわと地に春の落葉は

イエスが通りすぎる程の幸せにいるひとが説けり　〈神は愛なり〉

妻を締め自らも縊《くび》れし老々病苦半世紀戦後も福祉なき国

日韓善隣の歴史

日韓の善隣の歴史学ばざりきいま深更《しんこう》を聴く　〈朝鮮通信使〉

〈皇民化教育〉を強いし過去　尹女史の日本語に罪のごと居り

民族の言葉奪いしよ　君に向《む》き韓国語知らざるを罪のごと居り

（尹貞玉女史）

神々の黄昏

富と軍備世界を支配し摩天楼《まてんろう》のビル二つ自爆テロに崩れぬ*

武力報復《ぶりょくほうふく》を宣言し「神のご加護《かご》を！」と結ぶ　神々の黄昏《たそがれ》

武力もて報復を言う限りなく殺戮《さつりく》は続くか地滅ぶまで

「湾岸」に血を流さざるを責むる声殺し殺さるるをよきことというか

ユダヤの神キリストの神イスラムの神、「現人神《あらひとがみ》」に戦いしことあり

「旗を見せろ、形で示せ」と迫る声〈専制と隷従〉地の上より消えず

地の上に億万の貧困、飢餓、難民、摩天楼の栄華崩さるる映像

隷属《れいぞく》し基地置く国の危機おもう派兵言う声いくさ呼ぶ声

省《かえり》みる二千万虐殺の国にして再び闘わぬと〈九条〉あるに

アフガンの子ら

米国の忠犬となりて尾を振れりちぎれる程に尾を振れり首相

（小泉首相）

幼きまま死にゆくために生れしかアフガンの子らに爆撃と飢餓《きが》

飢餓と病い大き瞳《ひとみ》に泪滲《なみだにじ》むアフガンの子らとロイヤル・ベビーと

アフガンの幼な子の大き瞳《め》の潤《うる》みこの子らに飢えと死のなき明日を

「テロ特措法」*審議四日に成立す戦いへの責任《せめ》国会も民衆も

老いてもできる志ひとつ数名の友と署名す〈参戦反対！〉

〈ヘイタイススメ〉

虚構なる神武《じんむ》即位も載《の》せられて蘇《よみがえ》る戦前「つくる会の教科書」

小泉政府検定合格の教科書出ず〈ススメ　ススメ　ヘイタイススメ〉*

旗《はた》行列、提灯《ちょうちん》行列、大売出し　ロイヤル・ベビー*狂騒《きょうそう》の曲

旗行列、提灯行列南京《なんきん》の陥落《かんらく》万歳*と同質の声

典範《てんぱん》を変えて女帝*もと言える声あたかも進歩のごとき取り沙汰

王制を廃《や》む声竟《つい》に起らねば日本列島雪降り霧《き》らう

軍なくつつましく

ロンドンより朝日歌壇に「教科書」の歌読みしといううれしき電話

〈殺さしむる勿《なか》れ〉*と軍隊も否定する釈尊《しゃくそん》の教え説ける僧尠《すくな》し

いくさ敗《やぶ》れ仰《あお》ぎし星空に希《ねが》いしは軍《いくさ》なくつつましく平和なる国

軍隊を廃し教育と福祉重きコスタリカの叡智《えいち》〈中立宣言〉

若き世代戦争《いくさ》識《し》らされず古き世代大方は半世紀を古き思想に

侵略を聖戦と国挙《あ》げし時代《とき》も獄舎に反戦を枉《ま》げざる少数

わが裡に謐かに

聖句《せいく》ひとつ諳《そら》んじ居れば前の席に君は小さくロシア語に呟《つぶや》く

（Sさん）

忽然《こつぜん》と夜明け自室に八十九歳信厚き友なり天に召されぬ

終《つい》の棲家《すみか》と寄りしホームに出会いたる君との歳月得がたき縁《えにし》

白き花に囲まれ写真《うつしえ》に君は微笑《え》む知的に謙虚に清楚《せいそ》なりしよ

わが裡《うち》に謐《しず》かに君在《あ》り白き花に柩《ひつぎ》埋めて惜別の刻《とき》

病夫《つま》と籠《こも》る鬱屈《うっくつ》の日々白木蓮《はくもくれん》咲き盛《さか》る季《き》なり白き靴買う

「肩の力抜きて生きよ」と言いくれし女教師逝《ゆ》きぬ七十年の交誼《まじわり》

〈濁流《だくりゅう》〉の復《ま》た迫る気配「おいとまを頂きます」と逝かれしか斎藤史《さいとうふみ》＊

何故に言わぬ

拉致《らち》糾《ただ》すは尤《もっと》もなれど二十万の「慰安婦」の拉致　贖罪《しょくざい》なきこの国

拉致二十万ひとりひとりの「慰安婦」に家族ありしことわれらいまこそ

百五十万の強制連行、二十万の「慰安婦」の拉致に触れざるマスコミ

故郷へも家族のもとへも帰れざり軍「慰安婦」に堕《お》とされし闇

何故《なぜ》に言わぬ「慰安婦」の拉致この国の犯しし罪業測り知られず

「慰安婦」の記事ピタリと載《の》らざりし情報統制の過去を現在《いま》にか

抱きしめる他すべなしよ「慰安婦」の心身の傷痕半世紀ののちも

自《し》が国の「慰安婦」の拉致に口閉《とざ》し北朝鮮のみ悪罵《あくば》し止《や》まず

「大日本」の悪鬼のごとき拉致連行言わず北朝鮮の暴戻《ぼうれい》のみ言う

日本名、日本の着物、一日に兵士いく十人嬲《なぶ》られ辱《はずかし》められ

顔上《かおあ》げて生きたかりしか極限を「慰安婦」叫ぶ〈私は朝鮮人よ！〉

いくそたびわれら謝罪しても足らず朝鮮全土を犯しし罪業

心の椅子

病院も診療所も拒《こば》み部屋に呻《うめ》く病夫《つま》あり幽閉《ゆうへい》のごとしわれも

〈殺される前の高笑い〉など言うておられず介護なく心なき施設

帰り来よ心の椅子を一つおき息子《こ》を待つわれら残生尠《すくな》し

紫陽花の季を逝く

昨夜まで夕刊持ち来よと言いし夫《つま》急を告げられしは昏睡《こんすい》ののち

「お父さん!」と呼びて揺さぶれど唇少し動きたるのみ何言いたかりし

花とりどり庭いっぱいに夫《つま》咲かせ穏《おだ》しき日あり紫陽花《あじさい》の季《き》を逝《ゆ》く

斎場に脆《もろ》き骨となりたる夫《つま》人間の終焉《しゅうえん》思うより早し

夫《つま》の死をつね軽々と思いしが逝きたるのちの大き空洞

交替《かわり》なき老々介護に疲れ果てやさしからざりしか逝きてのち悔ゆ

生きの日は逝かれしのちの淋しさなど覚えざり紫陽花《あじさい》に雨降り灑《そそ》ぐ

庇《かば》いくれしことなき夫《つま》と思い来しが「存在《ある》」ということ死ののちに重し

届出書、預金の夫の名悉《ことごと》く消されゆくああ、死というものか

黄落の季も過ぎゆくに夫《つま》の遺筆病みてより乱れ判じ難しも

「只今」と告ぐる夫《つま》居ぬ隣室のベッドに深閑と昼の闇あり

一枚の喪中葉書に芳情謝し夫《つま》のひと生《よ》は終りたるなり

地の上のいずこにも夫居らぬこと夜を罩《こ》めて雪しんしんと積む

恨悔《こんかい》の喪礼くらく裡《うち》につづき寒椿雪耐えて鎮《しず》もる

竟《つい》のことば聴けず逝かしめて一年忌湿《しめ》り帯びたる六月の風

孤立無援のわれを欺《あざむ》くは易《やす》からん寒椿昼昏《くら》く雪降り

「日本州」なれば

民衆はいずこへ運ばる政府・与党長々となれあいの質疑応答

戦争を阻止せず戦後復興論おぞましく怖《おそ》ろし利権争奪*

フセイン像倒壊されてバグダッド陥《お》つ〈勝利は正義〉のごとき報道

スポーツに祭に歓声《かんせい》挙げる民衆《たみ》イラク戦争の惨は彼方《かなた》か

昔ロシア、いま北朝鮮と敵視して権力の思惑に乗りゆく民衆

アメリカの「日本州」なればイージス艦も出でゆく後方支援とは何

小泉倒せ！の声も起らず〈有事法〉濁流となりて列島覆《おお》うか

「無法の政権を許さぬ」と言う　ブッシュ、小泉、無法にあらずや

権力より送られし「笛吹き男」改憲を言い戦争に誘《いざな》う

侵略を仕掛けし国が侵略をされたる場合としきりに言えり

「大学法人化」

企業利益のための大学と堕《お》ちゆくを〈法人化〉に若きら起《た》つこともなし

角材を振りし若きらも権力に席捲《せっけん》されいま「産学協同」

人間いかに生きるべきかではなくいかに儲《もう》けるか「大学法人化」*
カネ、カネ、カネ儲《もう》けることが第一の人間形成こののちを問う

〈儚き人生〉

アナスタチア若き佳人の音低く粛々《しゅくしゅく》と弾《ひ》く〈儚《はかな》き人生〉

〈天井桟敷《てんじょうさじき》の人々〉*を観《み》しはいつならん全盲となりしアルレッティの記事

阪神優勝！狂喜乱舞の群衆あり騒音とのみ聞くは異端か

茫々《ぼうぼう》と脳髄を蔽《おお》うは白き靄《もや》不得手なる数字に死後かかわりて

夫《つま》あらば受けざる差別と痛み深し女性蔑視はこの国にいまも

たよたよと武原はん*も出でて舞え老残むごき老人ホームに

Ⅱ　大き錯誤

二〇〇四年〜二〇〇五年

護憲の党敗北

護憲の党敗北したりこの国の平和潰《つい》えると衝撃深し

煽《あお》られて二大政党勝利しぬ惨《むご》き戦いにふたたびか民衆

KHV《コイヘルペスウイルス》に冒《おか》されし鯉《こい》か死《し》に体《たい》の民衆《たみ》の選びし改憲・創憲

屹立《きつりつ》して護憲・非武装貫きしとこの濁《にご》り世の歴史に遺せ

大き錯誤——イラク派兵

二〇〇四年三月

大量殺戮兵器《たいりょうさつりくへいき》の有無《うむ》言う米国は如何《いか》に日本は如何に

戦争への動員報ぜぬマスコミに忿《いか》りあり有事法やすやす成《な》れり

暴逆の嵐のごとく聴き居たり二大政党としきりなるマスコミ

財界の煽《あお》りしときく二大政党改憲・創憲「戦争《いくさ》できる国」

国の為死なされ殺ししいく千万いままた国を愛せと言う声

最高戦犯〈象徴〉として長く生きA級戦犯と兵《へ》士《い》祀《まつ》る〈靖国〉

虐殺と戦死《し》を強《し》いしは誰ぞ靖国よ英霊よと称《たた》え戦《いく》さ招《よ》ぶ声

イラク派兵の死者祀《まつ》るための序奏とも首相元旦の靖国参拝

（小泉首相）

「テロリストに屈してはならない」という巨《おお》きテロ国家米国に屈し

韻《ひび》きくるは弔《とむら》いの鐘《かね》かイラク派兵〈宣戦布告〉のごとく聴きたり

九条に触れず前文一部読み武器持つ兵送り〈名誉ある地位〉と

占領支援を人道支援とよび正当防衛と武器を持ちたり

「自衛隊派兵も合憲」と首相言う御用報道それを支えて

「無事に任務を果して」など「殺し殺さるる」が本領ならずや

無表情に諭《さと》すごとくにぬめぬめと派兵説くひと地獄の死者か　（石破茂防衛庁長官）

「救い求めるひとに手さしのぶる」など救世主ならぬ軍長官のいう

関東軍いち早く逃げ沖縄＊に壕《ガマ》より県民追い出ししも軍

派兵賛《たた》う政府の全面広告あり反対者多数の税も使われ

この時歴史は動いた！先遣隊《せんけんたい》行進曲《マーチ》整然と出でてゆくなり

全アジアを侵略したる国にしていま米国の侵略に従《つ》く

侵略に駆《か》り出されゆき侵略にいままた加担す日の丸と行進曲《マーチ》

戦前は蘇《よみがえ》りたり日の丸と軍艦行進曲《マーチ》に海自出でゆく

二千万虐殺の罪負う日の丸を帽に背につけ兵ら誇れるか

人道支援ならず占領支援日の丸の旗印《しるし》機に艦に戦車に

自衛隊武器持ちて人道支援などイラク民衆の呪詛《じゅそ》とならぬか

国の為とまたも煽《あお》られいでゆきしよ兵士《へい》らに何の大義かあらん

旗振りて兵士《へいし》見送り涙する大き錯誤《さくご》をまた繰返すか

ゴヤの言う〈輝ける反乱*〉もなく兵士《へい》に旗振る錯誤の感傷

先に派兵ありたりテロに対処すと戦争《いくさ》仕掛けるは常にわれより

無事に帰れと黄のハンカチ溢《あふ》れしめ派兵反対の声晦《くら》ませり

派兵糾《ただ》さず黄のハンカチ街に揺れ権力の意思は受容されゆく

派兵反対！デモの報道小さくて限りなく戦争《いくさ》に雪崩《なだ》れてゆくか

国民保護・個人情報保護法案　保護を監視と読みかえており

唄い踊り煽《あお》られ歓声のスポーツに戦争への予兆《きざし》覚《さと》ることなく

底流に戦前を曳《ひ》きずりて来し戦後総仕上げの「憲法改正」

カーキー色いま迷彩服の兵士いてこの国の歴史非戦に遼《とお》し

死児抱え号泣《ごうきゅう》の母親アフガンにイラクにいま在《あ》るゲルニカの惨

イラク派兵・改憲・創憲　暗黒の大日本帝国が扉を叩《たた》く

罪人のごとく―三人の帰国

二〇〇四年四月

三人の生命《いのち》冷たく切り捨てて自衛隊撤退せずと言いたり＊

軍撤退を希《ねが》う家族の声消されまつろわぬものに怒気《どき》含む冷酷

俯《うつむ》きて罪人のごとき帰国あり呪《のろ》わしき風評官邸より放たれ

死にてもよき程の人間と誹謗《ひぼう》流し派兵を正当化せんの企《たくら》み

危うきところに自らゆきしと詰《なじ》る声われらなし得ぬよきことなせしに
よき仕事なせし証《あか》しよイラクの少年「ナオコの代りに人質になる」*
日本の誇れる若きらと思うに罪人のごとく帰らしめたり
「迷惑をかけお詫《わ》びします」と言わしむる暝《くら》き権力の網は張られて
志《こころざし》 よき人々を貶《おとし》めて「自己責任」と流布《るふ》する権力

自衛隊派兵ゆえの「拘束《こうそく》」を自己責任はいずれと問わん

「共産党・反日分子」の声ありてファシズムの闇迫《やみせま》り来《く》る気配

ビラくばりメール打ちつづけ署名集む熱き念《おも》いの無事の帰国よ

発芽玄米ブレッド

〈終身介護〉漠《ばく》と信じいし愚かさよ老いて蟻地獄《ありじごく》脱出もならず

発芽玄米ブレッドというを買い老女が何の発芽恃《たの》むぞ

夫《つま》の死を話し合う身内もなく私の死は私ひとり提《さ》げて逝《ゆ》く

受容《うけい》れる家族なき死を想《おも》い居《お》り雪降らぬ季も骸《むくろ》に雪積め

〈九条の会〉大阪講演　　　　　二〇〇四年九月

世界に誇る〈憲法九条〉放棄して戦争賛美の戦前回帰か

御用報道となりたるマスコミ反戦デモ〈九条の会〉も報じぬ暴戻《ぼうれい》

戦争を煽《あお》りしマスコミの重き罪いま〈九条の会〉発足も知らせず

会場に溢《あふ》れ広場に坐すは二千五百〈九条講演〉熱気炎《も》えたり

講演者玄関に並《な》びて挨拶す場外二千五百感動の拍手止まず

講演の声場外マイクに透《とお》り内外《うちそと》四千の拍手の連帯

平和憲法は普遍《ふへん》の原理つね鮮《あざ》らか「宝の泉」と井上ひさしは

（小田実）

カーチス・ルメイ無差別爆撃の先鞭は重慶*・南京・日本の爆撃と

殺戮と破壊の連鎖断ち切らねば〈九条〉は世界の平和宣言

（小田実）

核のみにあらずすべての武器の封印《ふういん》を沢地久枝言う〈九条の会〉に

逆コースも極《きわ》まる危うき事態なれば黙《もだ》さず喚《よ》びかけよと沢地久枝は

反戦の歌人戦時下になかりしことといま〈九条の会〉賛同はいくたり

戦争への濁流いかにとどめんか〈九条の会〉燎原《りょうげん》の火となれ

反戦の意志と抗暴

「私なら天皇のために死にますと」婚約者死なせし罪戦後も負《お》いて　（岡部伊都子）

杖《つえ》に凭《よ》り腕に支えられ岡部伊都子しかも屹立《きつりつ》す反戦の意志

試《ため》されるはいまの生きざま「潮引きしのちの小石と残る覚悟を」と　（沢地久枝）

病むと聴くその後は杳《よう》と〈辺見庸《へんみよう》〉生き給え抗暴の言葉聴きたし

あしたなどもうあまりないわたくしに反戦運動のパンフ送り来る

「つくる会」教科書

縄文《じょうもん》も弥生《やよい》も知らず天降《あまくだ》る神を史実と教えられしわれら

九代まで架空は定説またしても神武東征《じんむとうせい》「つくる会」教科書

神武説話、昭和天皇礼賛記《らいさんき》　世界に冠たる皇統連綿か

その真心、国民と共に歩まれるなど昭和天皇賛美の記述

「戦うわれら少国民」ふたたびか　虐殺、「慰安婦」われら識《し》らざり

中高一貫戦争賛美の右翼校出現か「つくる会」の教科書採択

民が代に〈君が代〉大きくと迫る声兇暴《きょうぼう》なれるファシズムの声

〈君が代〉を歌う声量を測るという戦わされしわれら嗄《しゃが》れて声出ぬ

金木犀《きんもくせい》咲ける季となり教科書裁判共闘の友も逝きて十年
（熊野律子さん）

日帰りに最終法廷に馳せしこと家永教授にまみえたること

教科書に真実を！と闘いしがいま「神武」載り「慰安婦」消されゆく

戦争前夜

アメリカこそ世界一のテロ国家とチョムスキー言えり　世界制覇めざし

新しき殺戮《さつりく》集団靖国に行く新しき死者のために

いちにんを殺せば殺人大量の殺人は勲章　戦争と道徳

英霊《えいれい》に何を誓うのか戦争を企《たくら》むものが称《たた》える英霊

金メダル・日の丸・君が代ウァウァウァ煽《あお》られ　戦争は覆《おお》われ

民衆の屍《しかばね》を喰うハイエナか戦争煽る政・財・マスコミ

「国民保護法」国権保護にあらざるか戦争利用の施設規定され

戦犯も古き思想も居坐りて平和崩されいま戦争前夜

戦後ずっと「戦争できる国」企《たくら》まれ極限の危機憲法「改正」

歌友《とも》逝く

諏訪山《すわやま》に明けの空の美《は》しき変化一番バスに来よと電話に　（林須美さん）

「林です」控え目に小さき電話の声ひとりの日常歌のことなど

千年家、兵庫の泊り、山《やま》の辺《べ》の道ゆるゆると歌友《とも》らと歴史など語り

しんみりと悲しみ享《う》けくれる友なりき半世紀長き歌の縁《えにし》よ

戦争の不安かつてなき不況など死の六日前最後の電話

葬送を終えて地下街に昼餉《ひるげ》とるわれらひとりの歌友《とも》への惟《おも》い

寡言《かげん》なれどわれらのめぐりに友の位置謐《しず》かに重くありたることを

「九条って何ですか」

一億総懺悔《そうざんげ》なにを懺悔させられしぞアジアへの加害ぬけ落ちし懺悔

鬼畜米英と叫びたりし米国と合同軍事演習の記事

地の上に累々と屍　財界と政府・マスメディア戦争集団

「九条って何ですか」新聞社の受付嬢言う　怖《おそ》ろしき荒廃

〈汝《なんじ》ら眼を覚《さま》し居れ〉*とイエス言いし戦争の準備奔流《ほんりゅう》となる国

敵視国つくりて戦いを起したる攻撃はつねわれよりの歴史

経済制裁言いつのる人らあり戦いの発端となるを怖るる

〈剣《つるぎ》を鋤《すき》に替え〉*と聖書も誌《しる》すに限りもなし核もミサイルも

〈冬のソナタ〉に憶う　二〇〇五年二月

朝あけの鮮《あざ》らしく美《うる》わしき国　われら「チョーセン」を蔑称として

拉致《らち》したる「慰安婦」連行の壮丁《そうてい》も〈罪なき市民〉ぞ認識を問う

経済制裁言いつのる人らあり占領下朝鮮にわれら何をなしたる

〈平和ならしむる者〉*とイエス言えるに　経済制裁言いつのる貌《かお》

清純に類伝う泪《なみだ》チェ・ジウ*の耐える姿に泪重ねて

〈国と家〉に縛《ばく》されしわれら異質なれどチェ・ジウのひたすらに涙重ねて

戦後識《し》りし強占《きょうせん》の歴史追悔の涙重ねて観る〈冬のソナタ〉

〈韓流〉と熱き民衆も識《し》れ占領下日本の惨き朝鮮支配を

〈冬のソナタ〉に隣国侵しし罪憶《おも》う「慰安婦」の拉致・壮丁《そうてい》の連行

〈冬のソナタ〉ミリタリ・マーチなど混《ま》じらねば浄《きよ》らかに謐《しず》かに美しき楽章

「昭和の日」制定

過去を忘れ「昭和の日」出現す二千万虐殺を祝えと云うか

〈ヒロ・ヒトラー〉と怖《おそ》れられし大虐殺を憚《はばか》らず祝えというか「昭和の日」

「昭和の日」大虐殺は靄《もや》の中　「ヒトラーの日」ドイツにはなし

「日の丸・君が代は自由に」*王さまがかしこきことを言われしふしぎ

君を天、臣は地、忤《さから》うことなくと〈和〉が称《たた》えられるとき民は惨《みじ》めに

二千万虐殺の王家残されて戦後六十年いま「昭和の日」

侵略と虐殺、特高・言論統制　めでたき御代《みよ》か「昭和の日」という

パスポートに〈菊の紋章〉押されいて戦後もつづく「天皇の国」

「女性国際戦犯法廷」ＮＨＫ報道

〈天皇有罪〉の判決ありしことＮＨＫ寸毫《ごう》も報じず

「慰安婦」も加害兵士の証言も消え法廷の実際何もわからぬ

御用学者・秦郁彦出《い》で何語る　圧力と改竄《かいざん》覚《さと》れりこの時

圧力はかけぬと議員言う時にＮＨＫまた圧力はなしと

権力との癒着顕《あき》らか＊ＮＨＫ懇《ねんご》ろに報ず安倍・中川の詭弁《きべん》

ムッソリーニ殺されヒトラー自殺し天皇は擬《ぎ》されぬ「平和天皇」

天皇の戦争責任と「慰安婦」は権力の禁句《タヴー》不義は戦後も

マスコミが御用報道となりたるいま憲法改悪歩調早めて

惨き歴史

「併合」と穏《おだ》しき表現強占《きょうせん》の惨《むご》き歴史と恨《ハン》を覆《おお》いて

敗戦国日本の植民地たりしゆえ米ソ分断の餌食《えじき》とされて

南北を戦禍の中を逃げ惑《まど》う二百万の死者朝鮮戦争

民衆の恨《ハン》切捨てし経済援助日韓権力の政治取引

拉致被害者の辛《つら》き生き死にさらばこそ深き謝罪を「慰安婦」の悲哭《ひこく》に

拉致被害者の苦難は報じより惨き「慰安婦」の恨《ハン》に口を閉して

強占にわれら罪深し八十歳を読み始む〈韓国、朝鮮の歴史〉

歴史認識謝罪促す韓国に「国内向け」と嘯《うそぶ》ける驕慢《きょうまん》

王家しずかに

痛みなき変身最高戦犯は〈象徴〉と残され〈平和〉装《よそお》う

大元帥宣戦布告の大権持ち「国民と共に歩まれし」など

天皇を〈元首〉にの声冥《くら》く響き先導八咫烏《やたがらす》*国会に群れ

皇室典範そのままにそのままに王家しずかに消えゆくはよし

身をかがめ戦跡慰霊の王家あり自らの偽善覚《さと》りしか否か
（二〇〇五年六月、天皇夫婦、サイパン島訪問）

天皇家存在の根拠は何ならん〈竹の園生の御栄え〉*また

伝統という名の反動もありて古典芸能台本古し

能衣装《のういしょう》豪華となりしその時より怨霊《おんりょう》は権力に収斂《しゅうれん》されゆく　（足利将軍おかかえ）

加害語らず

聖戦《せいせん》と駆《か》り出され殺し殺されぬ被害者にして加害者たる兵ら

指導せしも撃ちし兵士も共犯ぞ虐殺二千万〈靖国の神〉

旗振らぬ民もあるべし天皇教に迫られ飛びしバンザイクリフ*

奪いつくし焼きつくし殺しつくし戦いて死ぬべし〈靖国〉の待つ

戦争体験語れと言うか教育勅語*天皇の為に死すを最高として

戦争の被害語りて六十年　加害語らず改悛《かいしゅん》もなく

天皇の戦争責任も「慰安婦」も蔽《おお》い隠して戦後六十年

潰滅《かいめつ》まで戦いたりき戦後平和崩されきていま戦争前夜

「近藤選」なくなりて戦争詠消えぬ抑揚低くなだれゆくもの

（朝日歌壇・近藤芳美選）

〈聖戦百家選〉*に名を連ねし有名歌人いま〈九条の会〉に歌人の去就は

反日デモ

大虐殺の歴史事実書かざれば反日デモに反感のみ煽《あお》り

反日デモ石片《いし》とペットボトルの山報ず屍幾千万の加害を語れ

反日デモ反撥《はんぱつ》のみ煽《あお》るマスコミあり白骨積みし虐殺を語らず

反日デモに日本の加害読み返す本多勝一「中国の旅」*

万人坑に万の屍*、数十か所東洋鬼《トンヤンキ》の残虐撫順《ぶじゅん》炭鉱

一村全部村民三千をおびき出し虐殺す平頂山《へいちょうざん》事件*

生きしまま解剖されぬ七三一部隊は殺すマルタ三千人*

花鋏

花鋏《はなばさみ》が鳴らせば凛然《りんぜん》と花々立てり八月の部屋に

〈華道報国〉亡母《はは》の師範免状が地震《ない》の砂塵《さじん》の中より出でぬ

「よう働いたもんやった」死ののちの父の一言瞑《めい》すべし母は

乳母車《うばぐるま》に深く坐りて母を待つ淋しき夕刻ひと生《よ》わが曳く

青い芥子

尹貞玉《ユンジョンオク》冷気澄む中のヒマラヤの孤高と咲ける青きその芥子《けし》

〈鳥は塒《ねぐら》にわれは枕するところなし〉*とイエスは言えり法王庁とは何

テオドラキス〈ある五月の朝に〉*歌って歌って民衆軍政を倒したり

身を反《そ》らせ叫ぶはピカソの〈泣く女〉*胸に死にたる児《こ》を抱きしめて

〈八十年生きればそりゃぁあなた〉

病み痩《や》せし夫《つま》の胸部《むね》よりひゅうひゅうと洩《も》れる悲しみ木枯《こがらし》の音

打ち連れて旅もせざりき快楽《けらくすく》尠なき五十六年長く短し

痰《たん》からむ苦しき咳《しわぶき》聞かずなりそれも夫《つま》あらぬ寥《さび》しさの中

壮年期の父母《ちちはは》顕《た》ちきて励ませり八十超えし孤《ひと》りのわれを

病い癒《い》えず重なりて五重の塔か〈八十年生きればそりゃぁあなた〉*

老人ホームのめぐり自然の山ありき介護なきこと蔽われてあり

Ⅲ

〈ははたけ九条！〉

二〇〇六年〜二〇〇七年

一月の雨

チャイコフスキー深く悲しく美しきは冬のシベリア凍《こお》る風景

その紅〈冬の力〉と詠《よ》みし歌人*いま凛然と寒椿咲く

自らの非行を正当となすための悪意あり　闇に幽鬼《ゆうき》がふたつ

施設糾《ただ》す言葉きびしく熱ありき柩《ひつぎ》出でゆく一月の雨

（I氏）

急逝《きゅうせい》を訝《いぶか》しむ声　改革の進言潰《つぶ》して施設は強し

終《つい》の棲家《すみか》共にいささかの愉《たの》しみをとコーラスの集《つど》いつくられしことも

王制の存在

天皇制残す根拠を言い給え何かよきこと民衆《たみ》になせしか

王制の存在すでに差別なるを男女平等と女帝論など

スポーツに福祉に総裁と戴《いただ》きて「公務」と言えり自動車《くるま》連ねて

内裏雛《だいりびな》、武具飾る五月、天皇家と軍国主義生き続け居り

〈徳ヲ樹《タ》ツルコト〉*より遠き殺戮《さつりく》と権勢の争い天皇家の系譜

歴代の天皇に側室《そくしつ》十数人貢物《みつぎもの》のごとく差し出されし女《ひと》ら

「生殖が王家の仕事」とマルクス言えりおどろおどろの懐妊《かいにん》報道

男系か女帝かの論、王制の廃止言えざる戦後民主主義

殺したものと殺されたものの友好の前提は何、東南アジア訪問
（天皇・皇后東南アジア訪問）

いちにんの男子出生*をことごとし飢えに病いに戦乱の子らと

トウランドット曲は流れて

トウランドット曲は流れて荒川静香しなやかに優美に氷上を舞う

濃淡の水色のドレス袖口《そで》広く腕展《かいなひろ》げれば飛翔《ひしょう》の天女《てんにょ》か

旗も歌もかかわりはなし演戯《えんぎ》娯《たの》しみしと荒川の言葉爽《さわ》やかなりき

パレードに金のメダルに人間を歪《ゆが》めるな心喪《うしな》うなと思う

ハーメルンの笛吹き男

戦争へまた駆り出すかハーメルンの笛吹き男* 〈靖国〉へゆく　（小泉首相）

艦載機これ以上はいらぬ基地いらぬ岩国市民の良心に連なる

三空路輻輳《ふくそう》して危険なりと今にして言う神戸空港

神戸空港赤字予測の開港は軍事使用か有事法すでに

米国の軍事再編に三兆円強《し》いられる日本ここはどこの国

基地置かれ傭兵とされ軍事費負担　安保が国を守ると言えり

米国の年次計画というをきく司法も財政も民営化も指令

産みすぎて他国の領土と資源奪う最早止《や》め給《たま》え見苦しき戦争

国政の隅々《すみずみ》までも容喙《ようかい》され日本は米国の植民地と識《し》る

狂暴なる耳塚*つくりし民衆《たみ》の末裔《すえ》　いま狂暴なれる米国の傭兵

日常の殺人論《あげつら》い遊就館*に侵略は「聖戦」虐殺を「忠勇」

ソウル遼く

雪のせて咲く寒椿ソウル遼《とお》く「お慕い申して居ります」と告げん

「ヨボセヨ」*　ソウルよりの言葉やわらかし君の国侵しし歴史負うわれら

「マンセイ」と光復《こうふく》*祝う祖国にも帰れざる「慰安婦」捨てられ蔑《さげず》まれ

「慰安婦」曳《ひ》き二千万人虐殺を黙《もだ》して「道徳を教えねばならぬ」

白木蓮《はくもくれん》汚辱《おじょく》のごとく散り敷きて戦後も償われぬ「慰安婦」の恨《ハン》

生存は僅《わず》か「慰安婦」二十万の慟哭《どうこく》いまも道義なき日本

〈汝《なんじ》のごとく汝の隣りを〉*惟《おも》わずや拉致され堕《お》とされし少女らの悲鳴

「慰安婦」は抹殺、残留孤児は疎外《そがい》、拉致被害者利用されて優遇

まやかしの〈国民基金〉償《つぐな》いのごとく流され責任《せめ》負わぬ国

口先の謝罪国は責任《せめ》とらず「慰安婦」被害者いくたび殺す

体制にどっぷり浸《つ》かり声挙《あ》げず反動となりこし全共闘世代

「あの戦争は仕方なかった」というひとよ近現代史の真実を識《し》れ

むかし「鍛錬《たんれん》」いま「部活《ぶかつ》」戦争に耐えぬく体をつくりましょう

〈まっすぐに　真剣〉というNHK御用報道に一途《いちず》専念か

何とまあ大河《たいが》ドラマは武士ばかり剣と力を誇示《こじ》して止まず

昭和天皇「靖国メモ」　二〇〇六年九月

忽然《こつぜん》と出でし「靖国メモ」*圧力は対中交渉財界あたりか

「A級戦犯合祀は不快」と自らの戦争犯罪そ知らぬ貌《かお》に

御前会議《ごぜんかいぎ》に居並ぶ参謀叱咤《しった》せしをＡ級戦犯のみに責任《せめ》を負わせて

超Ａ級がＡ級戦犯にのみ罪かぶせ「君が代は千代に八千代に」

「天皇はやはり無罪」の虚像また拡がりてゆく〈靖国メモ〉に

「大本営発表」のごとし「靖国メモ」天皇の戦争犯罪晦《くら》ませり

Ａ級戦犯の上に最高戦犯あり罪免れてほやほやと〈象徴〉

天皇主権の国ならなくに〈靖国メモ〉に揺らぎて分祀論《ぶんしろん》加速か

戦争責任厳然とあるを体かわし島国の帝王狡智《こうち》なりき

「安保の下に基地置き日本の安全を」* と媚《こ》びて保身に国を売りたり

大元帥統帥権《だいげんすいとうすいけん》もちて戦争を指導せりその責任《せめ》糾《ただ》さるるなく

天皇の戦争犯罪覚《さと》らざれば全国巡幸に謹《つつし》みて民衆《たみ》ら

孔明《こうめい》ならず*死せる天皇の「不快感」が政治動かす奇怪《きっかい》の国

利用されるために戦犯外《はず》されて平和天皇と御陵に鎮《しず》もる

天皇の戦争責任押しなべて黙《もだ》すマスメディアの大き犯罪

〈象徴〉は〈九条〉とセットに残されぬ　天皇制軍国主義怖《おそ》れられ

東条問題

「東条の内奏癖《ないそうへき》」＊と言われたり天皇に忠節の臣にてありき

「上御一人《かみごいちにん》の命に背《そむ》きしことなし」＊と東条の言《ことば》　木戸内府慌てぬ

信任厚き東条なりしを戦争犯罪みな背負《せお》わせぬ謀議《ぼうぎ》のありて

疳《かん》高き声に戦争煽《あお》りたる東条を嫌悪《けんお》す　されど裁可は誰ぞ

東条をよきひとと思わずされど天皇免罪《めんざい》の身代《みかわ》りとされて

靖国問題

天皇に戦わされて死なされしを「天子《てんし》さまに拝《おが》んで頂《いただ》ける」

「戦争神社に捕えられて利用されたくなし」二人の兄を戦死させたる友*

天皇のために人殺し死なされしを名誉・英霊と昇華したりし

二千万人殺しし者らを顕彰《けんしょう》し殺されしアジアの慟哭《どうこく》を聴け

「慰安婦」曳き虐殺の兵も天皇の為の死なれば〈靖国の神〉

侵略の指揮とりし者と虐殺の兵士《へい》を称《たた》えて〈不戦の誓い〉と　（小泉首相）

改憲と戦争準備怠りなき首相が言えり〈不戦を誓う〉と

聖戦史観《せいせんしかん》変らねば靖国参拝干渉はうけず当然と言う

世界に誇る〈戦争放棄〉の九条あり戦争神社靖国はいらぬ

「参拝する、しない、分祀論《ぶんしろん》」根底に聖戦の思想革《あらた》まらず

「参拝する、しない、分祀論」本質ならず　歴史認識道義を問わん

〈マタイ受難曲〉

一月に洗礼六月に逝《ゆ》き給《たま》う〈マタイ受難曲〉* 最後の掲載歌

（近藤芳美逝去）

巷《ちまた》には母系家族か娘《こ》を持ちし母親《はは》らは強し娘婿《むこ》を従え

親殺す三〇パーセントは息子《むすこ》という刃物なき言葉の暴力もあり

老親を遺棄致死《いきちし》の記事あり同じようなる老人ホームの死

違憲三重奏

「岸を倒せ!」国会囲む大きデモ　祖父を尊敬すると首相は

（安倍晋三首相）

アレヨアレヨと新教基法成立す〈一旦緩急《いったんかんきゅう》アレバ〉*に改悪

昭和天皇自衛隊を督励《とくれい》して騒然《そうぜん》たり長官辞任*したり

平成天皇派遣隊員を労《ねぎら》いて波しずか　長官「大臣」に昇格*

自衛隊は違憲　派遣はなお違憲　天皇労えり　違憲三重奏

〈はばたけ九条の心〉神戸集会

大会場を埋めし七千五百人〈はばたけ九条！〉熱気充ちたり

画幕《スクリーン》に汗拭《ぬぐ》い呼吸《いき》少し喘《あえ》げるを倒れるまでの決意を視《み》たり

（沢地久枝）

戦争の起因と被害と惨き加害静かに熱く非戦を説けり　（沢地久枝）

「権力を縛《しば》り国民を守るもの」と憲法を説く　胸も透《す》きたり　（伊藤真）

ひとりひとりの命大切にすることが〈九条の心〉と伊藤真《まこと》は

戦争に与《くみ》せしわれら罪業《つみ》ありて戦わぬ意志〈九条〉重し

若きらに託さん希《ねが》い〈九条の会〉フィナーレの楽曲《がく》に手拍子合せて

Ⅳ　補遺

幼子《おさなご》が石炭ガラを拾い居て轢《ひ》かれて死すとあわれこの記事

沛然《はいぜん》と雨は降りきぬ痙攣《けいれん》の後《あと》息荒く吾子は目覚めず

霧のごとく時雨《しぐ》るる日なり窓近く積木する子よ子の足袋《たび》を縫う

物煮つつ物濯《すす》ぎつつ口誦さむボードレールの〈旅への誘い〉

（一九四七年頃）

陽ざしすでに春なる町に子と出でてぜんまい玩具のあひる見ている

小児科院の青き外灯に雨煙り吾子背負いて入りぬベルある扉

病臥して氷雨降る日よ頭巾などかぶりて吾子は祖母の家にゆく

力尽して狭き門より入れというキリストの言葉　山青く深み

背山に夕雲うすく薄なびく高原に白き秋の風聴く

美しき海見ゆる丘を下りきて人蠢《うごめ》ける都塵にまじらう

総合誌に歌載せる程の未来持たず能なしが鈍重に歌詠みて三年

（一九五三年）

母逝く

一九五三年四月二十日午後二時

午前六時庭の草花に露ありき母危うきを医師告げ給う

五十六年忍苦の一生《ひとよ》は長かりしかくぼみし眼《まなこ》に涙とどまらず

吾を生みし肉体ここに石のごとく母は逝きたり何も言わぬ母

今宵《こよい》母は焼かれてありぬ娘《こ》の吾が死なず狂わず哀しくも生く

ユーモアあり警句を吐《は》きし母なりき骨壷に骨の空虚なる音

人のため何もなし得ねば甲斐もなしいつ死にてもと常言いし母

死の一時間前なり賽《さい》の河原《かわら》で逢いましょうと苦しき中に冗談言いし（近隣の人に）

ルーブル展　（京都・岡崎）

朱《あか》き頭巾《ずきん》の女祈れるに似て謙虚《つつま》し羊群《ひつじ》は黄昏《たそがれ》の微光ににまじり（ミレー、羊飼う女）

清貧に生きて愛情《あい》深きミレー*なりほのぼのとせしもの画面流る

「魂の高貴」抱きて館を出ず雪やみし後も街は曇り日

＊

とじ針より太き針刺され背髄液とられいる子よ吾は祈れり

（一九五五年八月）

氷片を砕く病院の窓は秋ルムパールなどと医術語も覚え

＊

蛍光灯の蒼き謐《しず》けさ飾窓《ウインド》に曽太郎の〝裸婦〟*横向きて坐りぬ

籠さげて市場にゆくを日課とする主婦の軌道を或る日は憎めり

*

書見器に教科書を挟みしまま安静の子は睡りていたり

ジングルベル鳴りてクリスマス近き街子のために買う〈レ・ミゼラブル〉一巻

デコレーションケーキ小さけれど卓にあり　北海道冷害を子に話しつつ

*

日にいくたび厨より見る遠山脈《とおやまなみ》渇きに似たるものを持てれば

病弱を宿命として寥《さび》しきに裸木の秀光天を指したり

風白き街

買収されし証人が虚偽述ぶる法廷にわれらの真実は濛《くら》し

真直《ますぐ》なる者の証言《あかし》は葬られて邪悪《よこしま》の旗幟《きし》高く掲げらる

邪《じゃ》を撃《う》つと病みつつ闘いこし歳月傷のみ深し控訴ためらう

弾劾《だんがい》の激しき言葉裡《うち》にあり楔形《きっけい》の緋文字《ひもんじ》虚空に放つ

訴訟あまた身に負えば風白き街情感深き言葉喪《うしな》う

モーツアルト〈戴冠式〉

胸の造花直しやる母とその少女寄り添いあえり出演《で》を待つしばし

息深くととのえて少女真摯《しんし》に弾くモーツアルト〈戴冠式〉神への讃歌

*

身につきて憂愁《うれい》はありぬきりん草夕べは黄なる花粉をこぼし

花ばかりが季《とき》を違《たが》えず咲きている人間不信の心さびしむに

庭石

庭石に日没の光吸われゆき愛には遠き対話続けぬ

冷々と暮色にまじる寂寥よ沓脱《くつぬぎ》石に黒き靴を揃えて

（一九五九年）

冬野の中

（一九六〇年）

人に告げて癒ゆる淋しさならず冬野の中雑草《あらくさ》に風の渡る音して

〈身を持するに誤ちなかりき〉と自答してガーベラ土に深く移植す

枯草の中に緑草萌え出でて一つの言葉あたためている

硬質のコンクリートに水流し素足洗えば少女期に還る

賛美歌　（一九六二年）

めぐりみな淋しき冬のわが庭に残されて朱《あか》き柿の実ひとつ

「ミゼレーレ」賛美歌聖堂に盈《＊み》つ時もキリストはうなだれて十字架《クルス》にかかれり

日曜を独り醒《さ》めいて読む聖書〈内なる人は日々新たなり〉

キリストの貌《かお》

（フランス美術展より）

雨霽《は》れし空に虹かかり樹々も草もみづみづと〝春〟よ吾に入り来よ　（ミレー）

繋《つな》がれし吾を奪いゆけプロヴァンスの山巨大に迫り蹌踉《よろめ》けり　（モンテイセリ）*

チューリップ畑の赤き点々があたたかし無限にひろがりてゆけ　（モネ）*

挿されたる赤き深紅のけし一つ位置のたしかさわが妻の座よりも　（ルドン）

褐《あか》き岩と水の谷間に牛一つ渇きたる孤独を持ちしか画家は
（ゴーガン）

油絵具《えのぐ》いくたび重ねられしか層厚きキリストの貌柔和なれど孤独に
（ルオー）

現実逃避のかたちにひっそりと肩おとしモディリアニの女湖《うみ》の瞳《め》をして
（モディリアニ）*

舞子墓地にて

祈る事吾に一つの慰藉《いしゃ》なるか冬長くして草わずか萌ゆ

生の日は防波堤なりしよいくたびも水汲みて濡らすわが亡母《はは》の墓碑

誰もかれも死んでゆくなり累々たる墓碑群あいに遠き海光り

深き死の意味

（一九七六〜七七年）

〈地の民〉と共に生きたるイエス学び春まだ寒き芦屋川帰る

いちにんの身に添う人もあらざりしよイエスの受けたる深き死の意味

教会の尖塔も見えず雪に昏れゆうべ祈祷の鐘は鳴り出ず

・注解（頭の数字は頁数）

作成・鈴木裕子

八　**尹女史**　尹貞玉　日本統治下の一九二五年朝鮮江原道高城郡外金剛に生まれる。梨花女子専門学校（現・梨花女子大学校）に入学した四三年一一月自主退学。四五年日本からの解放後、再入学し英文科に編入、四九年同大学を卒業。五三年渡米、テネシー州・スカレット大学聖書文学科に学ぶ。帰国後、大韓キリスト教監理（メソジスト）教会総理院教育局幹事を経て、五八年梨花女子大英語英文科講師になり、のち教授。同世代の韓国人女性が、「従軍慰安婦」にさせられたことに長年関心を抱きつづけ、在職中から彼女らの足跡を求めて調査を続ける。九〇年一月韓国の進歩的な新聞『ハンギョレ新聞』に発表した「挺身隊（怨念の足跡）取材記」が反響を呼び、「挺身隊」（韓国では「従軍慰安婦」はふつう挺身隊といわれた）問題を社会的な争点にさせた。同年一一月韓国挺身隊問題対策協議会を創設し初代会長、のち共同代表。二〇〇〇年一二月東京で開催の「日本軍性奴隷制を裁く女性国際戦犯法廷」でも主導的な役割を果たす。二〇〇一年二月挺対協共同代表を退いたが、二〇〇六年三月ベトナムを訪問、ベトナム戦争に参戦した韓国軍将兵による性暴力を受けたベトナム人女性やその二世たちに会い、証言を聞き、帰国後、「韓国・ベトナム市民連帯」を提案（『ハンギョレ21』（第六〇八号・五月九日号）掲載「ベトナム戦争における性犯罪を謝罪しよう」）するなど、現在も活動中。尹貞玉氏の活動について詳しくは、尹貞玉著、鈴木裕子編・解説『平和を希求して――「慰安婦」被害者の尊厳回復へのあゆ

み』（白澤社発行・現代書館発売、二〇〇三年）を参照。

八　**古川さん**　古川佳子　一九七六年に提訴の箕面忠魂碑訴訟の原告。兄二人が戦死、五八年四月、遺族の承諾なしに靖国神社に合祀される。二〇〇六年八月一一日、台湾原住民遺族一人、日本人遺族八人による、日本国・靖国神社を相手の「合祀」取り下げを求めて、大阪地裁に提訴、いわゆる「靖国合祀イヤです訴訟」の原告の一人。なお注二六および一三二参照。

一〇　**〈謝過〉より〈謝罪〉への逡巡**　〈謝過〉（サグゥア）とは小学館、韓国・金星社の共同編集版『朝鮮語辞典』によれば、過ちやまちがいを謝ること、〈謝罪〉（サヂェ）はわびること、謝り、とあり、同じような意味になっているが、謝罪の方は、罪を認めて謝まるの意味が強い。

一二　**金大中拉致されし暗き事件**　一九七三年八月八日、金大中韓国新民党の元大統領候補は、宿泊中のホテル・グランドパレス（東京）から五人の韓国人に拉致され、ＫＣＩＡ（韓国中央情報部）の連行船・竜金号で強制出国させられる（金大中事件）。一〇月二七日、後宮駐韓大使、金溶植韓国外相は、金大中事件で折衝を再開し、一一月一日、日韓政府による政治解決で合意。その真相は隠蔽された。

一五　**櫛田ふき**　一八九九〜二〇〇一年。山口県に生まれる。日本女子大中退。マルクス主義経済学者の櫛田民蔵と結婚。三五歳のとき、夫と死別、一家を養う。敗戦後、女性運動へ。四六年婦人民主クラブ結成に参加し、書記長。五八年日本婦人団体連合会長、七五年国際民婦連副会長。それより前の六二年新日本婦人の会結成で代表委員。ベトナム戦争のさなかベトナムを訪問、ベトナム母と子保健センター設立に尽力。死去するまで平和運動に携わった。

一五 **〈ガイドライン法案〉** 一九九七年四月、橋本竜太郎内閣は、新ガイドライン（「有事を想定した日米防衛指針」）に伴う周辺事態法案など関連三法案を閣議決定、一九九九年五月に至り、小渕恵三内閣は、新ガイドライン三法案を成立させ、日米安保体制は新段階に移行。

一六 **〈太陽政策〉** 一九九七年一二月、韓国大統領選挙で野党候補・金大中が当選。金大統領は、朝鮮民主主義人民共和国（北朝鮮）との対話路線・「宥和」政策を打ち出し、南北間の協調関係を模索、いわゆる「太陽政策」と呼ばれる。二〇〇〇年六月金大中大統領は、ピョンヤンを訪問、金正日朝鮮労働党総書記と会談、南北統一の自主的解決をうたう南北共同宣言に署名。「太陽政策」は、二〇〇三年後任の盧武鉉大統領にも引き継がれる。

一七 **〈血と骨の旗〉とうたいし詩人** 栗原貞子のこと。一九一三～二〇〇五年。広島県生まれ。広島県立可部高女時代から、詩・短歌を書き始める。三一年、アナキストの栗原唯一（敗戦後、社会党広島県会議員）と結婚。四五年被爆。夫とともに四六年三月、『中国文化』を「原子爆弾特集号」として創刊号を出す。被爆当時のことを歌った「生ましめんかな」は、よく知られている。〈血と骨の旗〉という言葉は、「旗」という名の詩にある言葉である。「旗」の一部を引用抜粋する。「日の丸の赤は　じんみんの血　白地の白は　じんみんの骨／いくさのたびに　骨と血の旗を押し立てて　他国の女やこどもまで　血を流させ骨にした／今もまだ　還って来ない骨たちが　アジアの野や山にさらされている　けれども　もうみんな忘れてしまったのだろうか　中国の万人坑の骨たちのことも　南の島にさ

らされている　骨たちのことも／じんみんの一日は　市役所の屋上や　学校の運動場にもひるがえり　平和公園の慰霊碑の空にも　なにごともなかったように　ひるがえっている／日の丸の赤はじんみんの血　白地の白はじんみんの骨　日本人は忘れてもアジアの人々は忘れはしない」（栗原貞子『問われるヒロシマ』三一書房、一九九二年）。

一七　**〈国体の精華〉**　国体とは国柄、ここでは「天皇制」国家の国柄をいう。「精華」とは、物事の真価とすべきすぐれたところ。このような言葉を大量生産し天皇制国家の「国柄」「国体」を自画自賛して、国民に「国体」観念を刷り込んだ。

一七　**特高、治安維持法**　特高とは特別高等警察のこと。思想・治安警察。治安維持法は、一九二五年、「男子」普通選挙法と抱き合いで制定。この治安維持法の骨子は「国体〔天皇制〕を変革し、または私有財産制度を否認することを目的」とする結社に加入、または資金援助などをすることは一〇年以下の懲役または禁錮に処するものとした。二八年共産党大弾圧事件である三・一五事件では、治安維持法によって多数の人が逮捕、拘禁され、敗戦まで獄中に留置された人もいる。またこの法律は、植民地朝鮮にも適用され、同法によって独立運動はもとより、社会主義運動・労働運動なども厳しく弾圧された。治安維持法は、二八年秋の昭和天皇の「即位の大典」（即位の礼）挙行を前に同年六月、「緊急勅令」によって改悪され、死刑、無期懲役刑が付け加わる。戦時下に入ると、自由主義者や庶民の厭戦言辞、皇族や、伊勢神宮などの神社にたいする「不敬」言動も取締りの対象となる。一方、特高は、三・一五事件と「即位の大典」の警備をきっかけに大拡充が図られ、すべての県警察部に特高課を設置し、各警察署に特高係を設け、監視の目を光らせた。

二一　**セザンヌ描く〈首吊りの家〉**　セザンヌは後期印象派の代表的画家。フランス生まれ。一八三九〜一九〇六年。少年時代、ゾラと一緒に詩作に耽り、絵画にも熱中。ピサロの援助で印象派展に出展するが、理解されず、故郷プロヴァンスに引きこもり、制作に専念。風景、静物画、人物画などのジャンルで造形的探究を続けた。「オーヴェールの首吊りの家」は、一八七二〜七三年の制作。

二三　**「歌わない自由はない」法制化**　一九九九年八月九日、「国旗・国歌法」が成立し、〈日の丸・君が代〉が法制化。当時の小渕内閣の野中広務官房長官は、「強制するものではない」と言明したが、制定以後、「強制化」が始まり、従わない教員たちに対する「処分」は東京都を筆頭に強化され、思想・内面の自由を侵すとともに教師と子どもの管理の具とする。

二五　**〈キリスト者戦争責任の告白〉**　一九六七年三月、日本キリスト教団総会（議長鈴木正久）は、〈第二次大戦下における日本基督教団の責任についての告白〉を発表。

二六　**〈忠魂碑〉二十四年のたたかい**　「忠魂」とは、天皇に忠義を尽くして死んだ人の魂のこと。「忠魂碑」とは、「天皇の軍＝侵略戦争」で戦死した人を祀る碑にほかならず、「明治」以来、日本国民を侵略戦争にかりたてる役割をになってきた。右のような認識から一九七六年、大阪・箕面の主婦六人とその夫三人は、「忠魂碑訴訟」を提起。一九八二年、大阪地裁は、「忠魂碑は、天皇のために忠義をつくして戦死したものをあがめ祀る礼拝対象物」で「かつて国民に参拝が強制された靖国神社・護国神社と同じ役割を担い、天皇による統治、戦争の聖戦としての意義づけ、軍国主義教育に利用された宗教施設である」として、箕面市による「忠魂碑」の公費再建は、政教分離の原則に反し、憲法違反、被告の市長らは忠魂碑を撤去、市の損害賠償を命じる判決を示し、原告住民は全面勝訴を勝ちとる。翌八三年、大阪地裁は「忠魂碑前で毎年行われる慰霊祭は、宗教儀式そのものであり、教育長の公務参列は、信教の自由の立場から違憲」との判決を示し、原告住民は再び勝訴。一九八七年七月一六日、大阪高裁は、逆転判決を示し、合憲とした。その判決は、靖国神社や忠魂碑が国家神道や軍国主義を支えてきたことを認めながら、忠魂碑は単なる「記念碑」、慰霊祭は「社会儀礼」とした（箕面忠魂碑違憲訴訟を支援する会発行〔一九八八年三月〕のリーフレット「新版　忠魂碑どけてー忠魂碑訴訟はいま」参照）。原告側は、ただちに上告したが、最高裁は、一九九九年、原告側を全面敗訴させた。なお前記リーフレットには著者の歌「アジアの民衆　二千万を殺ししこと　いわず　よみがえる忠魂碑累々」が掲載されている。

二七　**皇太后**　昭和天皇の良子皇后。天皇死後、皇太后（一九〇三〜二〇〇〇年。諡号・香淳皇后）。皇后良子は、日本画を趣味とし、川合玉堂はじめ日本画家たちの指導を受けた。玉堂亡き後は前田青邨、その後は前田の弟子平山郁夫が継いだ。皇太后の画集には『桃苑画集』『錦芳集』がある。

二九　**サミット**　二〇〇〇年七月、第二六回サミットが沖縄県名護市で開催。名護市は、那覇市中心部に位置する普天間基地の代替施設の候補地である。これより前、日米両政府は、SACO（沖縄基地に関する日米特別委員会）中間報告を出し、普天間全面返還を大々的にキャンペーン、また国際都市形成構想や規制緩和などの調整費五〇億円の予算措置化などにより、橋本政権は九六年の衆院選挙から〈沖縄〉の争点はずしに成功していた。名護市におけるサミット開催は、右に述べたような延長線上に位置づけられる。

三〇 **〈何のために戦ったのか〉** 栗原貞子作。第一連〜第三連を引用すれば次の通り。「何のために戦ったのか　誰のために戦ったのか　夫も息子も帰らなかった　教え子たちも帰られなかった　広島は二十万が焼き殺され　呉は一八三一人が爆死した／何のために殺したのか　誰のために殺されたのか　白地に赤い旗の下　くりひろげられた悪夢のかずかず　虐殺されたアジアの民衆二〇〇〇万　内外同胞三〇〇万／あやまちはくり返しませんと　誓った私たち　戦争放棄の第九条　けれども掃海艇は　軍艦旗をはためかし　日の丸の波に送られて出港した」。この詩は一九九一年一〇月五日につくられたが、これより前の同年四月二四日、閣議は、自衛隊のペルシャ湾への掃海艇派遣を決定した。

三一 **MRI**　磁気共鳴断層撮影。

三四 **〈神の国〉の闇ふたたびか**　二〇〇〇年五月一四日、森喜朗首相は、「日本は天皇を中心とする神の国」と発言。

三六 **サマリアの女「夫なし」と答う**　新約聖書ヨハネ伝第四章第一五〜一七節（以下、四―一五〜一七のように略記）「女いう、『主よ、わが渇くことなく、又ここに汲みに来ぬために、その水を我にあたえよ』イエス言い給う『ゆきて夫ここにを呼びきたれ』女こたえて言う『われに夫なし』」。

三八 **「つくる会」教科書**　二〇〇一年四月、新しい歴史教科書をつくる会編集の中学校歴史教科書が検定に合格。「大東亜戦争」肯定の聖戦史観を著者は鋭く批判。

三九 **山の辺の道**　現在いうところの、「山の辺の道」は、山自体が「ご神体」とされる三輪山

（奈良県桜井市）の南麓の金屋あたりから始まり、天理市から奈良市までをいう。「山の辺の道」南部は、眺望もよく、万葉歌碑が多数建てられている。檜原神社の眼下には「耶馬台国卑弥呼伝説」の雄大な箸墓が横たわり、遠くに二上山を望み、「大和」の眺望随一のところ。柳本古墳群がある。北の山辺の道には、石上・豊田古墳群がある。

三九　**御陵の睡り**　一九八九年二月二四日、昭和天皇は、八王子・武蔵野御陵に埋葬された。父・大正天皇の多摩御陵、母・貞明皇后の多摩東陵の北東にある。

四二　**楊明貞**　楊明貞《ヤンミンツェン》さんは一九三〇年生まれ。三七年日本軍による「南京大虐殺」の「幸存者」。性暴力被害者。その被害証言は、「私を助け瀕死の重傷を負った父の前で私と母は陵辱された」（松岡環編著『南京戦・切りさかれた受難者の魂』社会評論社、二〇〇三年、所収）に詳しい。

四四　**必謹の十七条憲法**　一七条憲法は、六〇四年（推古一二年）に聖徳太子がつくったとされる。その三条は、「三に曰《いわ》く、詔《みことのり》を承りてはかならず謹め。君をば天とす。臣をば地とす。天は覆い、地は載《の》す。……ここをもって、君言《のたま》うときは臣承る。上《かみ》行うときは下靡《しもなび》く。故に詔を承りてはかならず慎め。謹まずば、おのずから敗れん。」なお「詔書必謹」は、アジア太平洋戦争中、盛んに呼号され、また「終戦の詔勅」においても、「詔書必謹」が国民に対し説かれた。

四七　**自爆テロに崩れぬ**　二〇〇一年九月一一日、米国でハイジャックされた旅客機二機が、ニューヨークの世界貿易センター二棟、一機がワシントンの国防総省に突入（九・一一事件）、多くの死者が出た。ブッシュ米大統領はただちに報復措置を決定（日本政府も、「反テロ行動支援」決定、自衛艦などを派遣）し、一〇月七日、アルカイダとタリバンに対する軍事行動を開始し、アフガニスタンを空爆した。

五一　**「テロ特措法」**　二〇〇三年三月二〇日、米英軍、イラクを爆撃、四月九日、首都バグダッド制圧。小泉純一郎政権は、いち早く米国を支持。同年六月、有事法制関連三法を成立、続いて七月二六日、イラク復興支援特別措置法を成立させ、いわゆる「非戦闘地域」への自衛隊派兵を可能にする。

五二　**〈ススメ　ススメ　ヘイタイススメ〉**　一九三三年、小学校の「国語」教科書が改訂される（第四期国定国語教科書、三三年から四〇年まで使用）。戦前戦中の教科書は文部省が編集・刊行の全国一律の国定教科書制度であった。この年四月、新一年生が最初に開くページが「サイタ　サイタ　サクラガ　サイタ」と始まることから「サクラ読本」といわれた。このあと「ススメ　ススメ　ヘイタイ　ススメ」「オヒサマ　アカイ　アサヒガ　アカイ」「ヒノマル　ノ　ハタ　バンザイ　バンザイ」と調子よく続き、幼い頭に軍国主義教育を刷り込ませた。

五二　**ロイヤル・ベビー**　二〇〇一年一二月一日、皇太子妃雅子、第一子の女児出産。「皇孫殿下」誕生とマスコミは大きく取り上げ、慶祝ブームを演出した。

五二　**南京の陥落万歳**　一九三七年、日本軍は南京攻略戦で、蒋介石政権の首都・南京を陥落、当時の新聞は、これを派手に報道し、「国民」は旗行列、提灯行列で「南京陥落」万歳の声を上げた（『風韻にまぎれず』注七六参照）。

五二　**典範を変えて女帝も**　皇太子夫婦に第一子の女児（敬宮愛子）が誕生してから、急速に現行皇室典範を改正し、女性天皇（女帝）を認めようとする世論操作・誘導がおこなわれる。小泉政権は、諮問機関として有識者会議を設置、二〇〇五年、会議は「女性天皇」を認める報告書を提出。しかし日本会議などの右翼勢力は「男系男子」論を貫き、反対を強める。二〇〇六年二月、現天皇夫婦の次男・秋篠宮妃の紀子「懐妊」が発表されると、「女性天皇」論は、急に萎み、同年九月秋篠宮家に第三子・男児が誕生すると、「女帝」論は表面上、「封印」される。

五三　**〈殺さしむる勿れ〉**　「一切の者刀杖を畏る、一切の者死を懼る、己を比況して、殺す勿れ、殺さしむる勿れ」「一切の者刀杖を畏る、生は一切の者の愛する所、己を比況し、殺す勿れ、殺さしむる勿れ」（荻原雲来訳注『法句経』岩波文庫、一九三五年、「第十　刀杖の部」）。なお、法句とは仏教経文の文句。

五六　**斎藤史**　歌人。東京に生まれる。一九〇九～二〇〇二年。父は陸軍少将（三六年の二・二六事件に関わって免官、禁固五年の刑を受ける）で歌人の斎藤瀏。父の影響で短歌の道に入り、四〇年第一歌集『魚歌』刊行。四九年、女性の短歌結社『女人短歌』の創刊に参加。九七年、『斎藤史全歌集』（大和書房刊行）で紫式部文学賞を受賞。九三年、女性歌人として初の日本芸術院会員。「おいとまを頂きますと戸をしめて出てゆくようにはゆかぬなり生は」と詠った斎藤は、二〇〇二年四月二六日、九三歳で死去。

六四　**利権争奪**　中東は石油資源の宝庫で、「先進国」諸国は、戦後復興を名目に、その利権争いに余念がない。

六七　**「大学法人化」**　国立大学は、二〇〇四年に「法人化」される。さらに二〇〇七年政府の経済財政諮問会議の民間議員四人が競争原理の導入を強力に主張。それを導入すると、文科省の試算では、八七大学のうち、地方大学や、文系単科大、教員養成大学など四七校が破綻するという。

六八 **〈天井桟敷の人々〉** 〈天井桟敷の人々〉は、第二次世界大戦中のナチス・ドイツ占領下で制作された映画作品（四五年三月公開）。四六年ヴェネチア国際映画祭特別賞受賞。「好いた同士にはパリも狭い」といった名台詞をうみ出したジャック・プレヴェールの脚本も高く評価。落ち目の女芸人を演じたのが、アルレッティ。

六八 **武原はん** 日本舞踊家。徳島県生まれ。一九〇三〜九八年。本名幸子。一九一四年、大阪の大和屋芸妓学校で、山村千代の指導を受け、山村流の上方舞を習う。三〇年ころ、東京に出て、藤間勘十郎、西川鯉三郎に師事。「雪」など地唄舞の美しさで魅了した。他方、俳人高浜虚子に師事して『武原はん一代句集』などがある。

七四 **関東軍いち早く逃げ** 日本は、日露戦争の勝利によって、ロシアが中国に認めさせていた利権を譲渡させ、関東都督府を設置。一九一九年、関東都督府陸軍部隊を引きつぎ、関東州の防備、南満州鉄道の沿線警護に当たるため関東軍が創設された。関東軍司令部は旅順におかれ、のち奉天（現・瀋陽）、新京（現・長春）と移る。関東軍の謀略で起こされた「満州事変」（柳条湖事件）の翌三二年、傀儡国家「満州国」が建国されると、満州全土の軍事力の中心となる。これより前の二〇年代後半から関東軍は、強硬な大陸政策の推進基地となり、その強硬政策を政府はもとより陸軍中央首脳も抑えられず、満州某重大事件（張作霖爆殺事件）、柳条湖事件を引き起こした。四一年、対ソ連戦を睨んで、関東軍特種演習を発動、そのときの兵力は約七〇万人、飛行機約六〇〇機で、戦力はほぼピークに達した。アジア太平洋戦争が開始されると、兵力は南方戦線に転じ、四五年八月九日、ソ連軍が参戦するや、次々と敗走、日本からの農業移民である、「北満」の満蒙移民団に多数の犠牲者を出す一因となる。

七六　**ゴヤの言う〈輝ける反乱〉**　スペインの画家。近代絵画の創始者の一人といわれる。一七四六〜一八二八年。一七八六年、国王付きの画家となる。一八〇一年「カルロス四世の家族」が王室の不評を買ったのちは自分の制作に専念。一八〇八年宰相ゴドイの失脚とフランス軍の侵入は、ゴヤにフランス革命の理念に共感させながらもスペイン人民の独立運動を支持させるいう立場におかせる。二四年、フランスに亡命し、ボルドーで客死。

七九　**自衛隊撤退せずと言いたり**　二〇〇四年四月、イラクでボランティア活動等に携わる日本人三人が人質になる。「誘拐犯」の側は「自衛隊撤退」を要求、それに対し、日本政府は拒否。三人の救出を訴えて、市民や市民団体がインターネットなどを駆使して、救援運動が高まる。イラクのイスラム教指導者の仲介・説得もあって、三人は無事救出された。佐藤真紀・伊藤和子編『イラク「人質」事件と自己責任論　私たちは動いた、こう考えた』（大月書店、二〇〇四年）など参照。

八〇　**「ナオコの代りに人質になる」**　人質になった高遠菜穂子は、イラクで長年にわたり、着実な人権活動のボランティアをおこなっていた。イラク少年の右の言葉は、それを物語っている。なお、高遠菜穂子『戦争と平和　それでもイラク人は嫌いになれない』（講談社、二〇〇四年）参照。

八四 **無差別爆撃の先鞭は重慶**　一九四五年三月一〇日未明、米軍は、東京の深川・本所・亀戸・向島など下町をB29、一二〇機が空襲。夜間の低空による焼夷弾攻撃で密集地帯を直撃、約九万人が死亡。これを「東京大空襲」というが、これより前の一九三八年一二月から一九四一年九月まで日本軍は中国の重慶を無差別爆撃した。中国側資料では死者は一一八〇〇人、家屋の損壊は一七六〇〇棟。なお、「東京大空襲」で総指揮をとったルメイ少将は、戦後、日本政府から最高の勲章を授与されている。

九五 **〈汝ら眼を覚し居れ〉**　新約聖書マルコ伝第一四章第三四節「わが心いたく憂いて死ぬばかりなり、汝ら此処に留まりて目を覚ましをれ」。マタイ伝第二六章第三八節にも同様の記載。イエス磔刑の前夜、ゲッセマネの祈り。

九五 **〈剣を鋤に替え〉**　旧約聖書ミカ書第四章第三節「彼は多くの民の間をさばき、遠い所まで強い国々のために仲裁される。そこで彼らはつるぎを打ちかえて、すきとし、そのやりを打ちかえて、かまとし、国は国にむかってつるぎをあげず、再び戦いのことを学ばない」

九六 **〈平和ならしむる者〉**　新約聖書マタイ伝第五章第九節「幸福《さいわい》なるかな、平和ならしむる者、その人は神の子と称えられん」。「山上の垂訓」の一説。

九七 **チェ・ジウ**　韓国ドラマ『冬のソナタ』のヒロイン・ユジン役を演じた女優の名前。「冬のソナタ」は、主人公役のペ・ヨンジュン（ヨン様）の魅力とともに日本の、とくに女性たちに熱烈に歓迎された。

九九 **「日の丸・君が代は自由に」**　二〇〇四年一〇月二九日、秋の園遊会で、石原都政のもとで東京都教育委員になった米長邦雄（将棋元名人）が「日本中の学校で国旗を揚げ、国歌を斉唱させることが私の仕事でございます」と述べた。これに対し天皇明仁は、「やはり、強制になるということではないことが望ましい」という旨の発言をし、米長が「もうもちろんそう、本当に素晴らしいお言葉をいただき、ありがとうございました」と報じられた。

一〇一　**権力との癒着顕らか**　安倍とは、当時、「日本の前途と歴史教育を考える若手議員の会」事務局長の安倍晋三現・首相。中川は同会代表の中川昭一現・自由民主党政調会長のこと。二〇〇〇年一二月、東京で開催の「日本軍性奴隷制を裁く女性国際戦犯法廷」は、NHK EYV二〇〇一「戦争をどう裁くか」全四回シリーズの第二回目「問われる戦時性暴力」に取り上げられたが、番組放映の直前に、NHK幹部から突然の改編命令が出され、内容が大幅に改ざんされて、同年一月三〇日に放送された。この改ざんにあたり前記両政治家からのプレッシャーがあった、とされる。「法廷」をになった『戦争と女性への暴力』日本ネットワーク」は、NHKを相手に提訴。裁判の過程を通し、両氏らの政治的圧力があったことが明らかになってきている（詳しくは、小森陽一「NHK番組改変――誰が圧力をかけたのか。『控訴審判決』を読み解く」『世界』二〇〇七年五月号、などを参照）。

一〇五　**八《や》咫《た》烏《がらす》**　『日本書記』に登場する神話。熊野で神武天皇（実在せず）を導いた大きな烏。天から遣わされて神武をヤマトに導き、戦に当たっても敵への使者を演じたとされる。大和国の式内社に八咫烏神社がある。

一〇五　**〈竹の園生の御栄え〉**　竹の園生とは、竹の園と同じで、皇族の雅称。天皇家一族の限りなき繁栄を称える。

一〇七　**バンザイクリフ**　アジア太平洋戦争中の四四年六月、日本軍の前進基地になっていた、西太平洋のマリアナ諸島のサイパン島を米軍が上陸、一か月弱の激戦の結果、日本軍の守備隊二万人は全滅（当時の言葉でいえば、「玉砕」）した。子どもを含む一万二〇〇〇人の日本人住民も死ぬ。東条陸相時代の、四一年一月に示達された「戦陣訓」は、軍人にとどまらず、日本人住民をも束縛、「生きて虜囚の辱めを受けず」として、島の断崖から次々と海中に投身自殺。詩人・石垣りん（一九二〇〜二〇〇四年）の「崖」に「戦争の終り、サイパン島の崖の上から　次々に身を投げた女たち。／美徳やら義理やら体裁やら　何やら火だの男だのに追いつめられて。／とばなければならないからとびこんだ。ゆき場のないゆき場所。〔略〕」がある（『現代の詩人5　石垣りん』（中央公論社、一九八三年、所収）。幼児を含む九〇〇〇人を超える島民も戦闘の犠牲になった。

一〇七

教育勅語　一八八九年、大日本帝国憲法は、天皇を「大権」保持者とし、国民はその「臣民」と位置づけた。翌九〇年、「臣民」教育・教化のため、「国体思想」にもとづく教育勅語が渙発され、「臣民」教育のバイブルになる。「我が皇祖皇宗国を肇むること宏遠に徳を樹つること深厚」なりと、皇国観念を掲げるとともに、臣民の規範として「我が臣民克《よ》く忠に克く孝に億兆心を一にして世世厥《そ》の美を済せるは此れ我が国体の精華にして教育の淵源亦実に此に存す」（原文は片かな）と謳い、教科書や学校行事などを通し、強制的に子どもたちに天皇への「忠義」心と愛国心を植えつけた。敗戦後、失効し、「教育基本法」がそれに代わって、公教育の基本理念になり、子どもを教育を受ける権利主体とし、一人ひとりの子どもの可能性の伸長、人権の確立を目的とした。しかし二〇〇六年一二月、政府・与党による「愛国心」強制や「徳育」をうたう「新教育基本法」が強行採決されるに至り、教育の理念を捩じ曲げた。

一〇八 **〈聖戦百家選〉** 一九四一年一二月八日、「開戦の詔勅」が発表されると、著名な歌人たちが天皇翼賛の歌を競ってつくった。その主なものを拾いだすと、釈迢空（折口信夫）「天地に響とほりて甚大なる神の御言をくだし給へり」、北原白秋「天皇の戦宣らす時を隔かずとよみゆりおこる大やまとの国」、吉井勇「大詔いまか下りぬみたみわれ感極まりて泣くべくおもほゆ」、与謝野晶子「日の本の大宰相も病む我も同じ涙す大き詔書に」、斎藤茂吉「天地創造の元始以来のうつくしさ神とともなるこの攻撃は」、太田水穂「日のもとの益良男の子はたたかひに赴くときしすでに神なり」、今井邦子「はつ日影かぎりも知らぬ大亜細亜の力の源と負ひてあおげり」、など収録。

一〇九 **本多勝一「中国の旅」** 『中国の旅』朝日新聞社、一九八一年刊行。

一一〇 **万人坑に万の屍** 撫順炭鉱は、中国遼寧省にある炭鉱。露天掘りで知られる。戦前戦中、満鉄の経営する撫順炭鉱は、中国人労働者を無慈悲に扱い、酷使した。このため、栄養失調や過酷な労働に倒れる労働者が続出した。また満鉄当局の人命軽視、保安設備の不備など労働者への待遇は酷薄、劣悪をきわめた。一九一七年一月一一日には、炭塵爆発が起り、坑口密閉消火のため、坑内の坑夫九一七人（中国人九〇一人、日本人一六人）を死亡させた。この年だけでも同炭鉱の事故は大小八二九件に上った。「満州事変」以後の撫順炭鉱での中国人労働者への虐待は、いっそう強化され、なかには労働中に倒れ、死亡する労働者が数知れず出て、そのまま坑に埋められた。東洋鬼とは、そのような残虐行為を恥じず、繰返す日本人に対し、中国人が呼称したもの。

一一〇　**平頂山事件**　「満州国」を承認する「日満議定書」が調印された一九三二年九月一五日夜、抗日ゲリラ隊は、満鉄（南満州鉄道株式会社）が経営する撫順炭鉱を襲撃した。翌朝、関東軍は、襲撃事件に関係ありとして、平頂山（河南省中部）の住民三〇〇〇人余を虐殺した。一九九六年、被害者の遺族たちは、日本政府に損害賠償を請求する訴訟（平頂山住民虐殺事件損害賠償請求訴訟）を提訴、二〇〇二年第一審（東京地裁）、二〇〇五年第二審（東京高裁）判決で棄却、二〇〇六年五月一六日、最高裁でも棄却し、原告側の敗訴確定。なお詳しくは、石上正夫『平頂山事件　消えた中国の村』（青木書店、一九九一年）、高尾翠『天皇の軍隊と平頂山事件』（新日本出版社、二〇〇五年）など参照。

一一〇　**マルタ三千人**　七三一部隊（石井四郎部隊長）は、ペストやコレラによる細菌兵器開発のための生体実験（人体実験）をおこなうため、中国人やソ連人捕虜を「マルタ（丸太）」と称して連行、被験者は、最後に殺害。また中国戦線では実際に細菌戦をおこない多くの犠牲者を出した。まさしく人道に反する戦争犯罪であった。しかし、七三一部隊の犯罪は、一九四九年のソ連によるハバロフスク軍事裁判で一部裁かれたものの、部隊長石井四郎陸軍軍医中将はじめ幹部隊員、中堅隊員らは免責された。日本軍によって開発された細菌戦の「ノウハウ」を独占するために、米国は、東京裁判やBC級戦犯裁判で細菌戦を追及するのを回避したためである。元細菌戦部隊員は、石井など幹部から「細菌戦部隊にいた軍歴を隠せ、公職につくな、相互の連絡もとるな」と厳命されていた。七三一部隊の実態解明が進み、被害者の遺族が判明するなかで、日本の市民グループは「七三一部隊展」の展示を作成、九三年から巡回展を始め、翌年末までに約二三万人が訪れた。入場者のなかには、細菌戦部隊の少年隊員なども𝑜り、部隊展を見て証言を始めた人も出た（吉見義明・伊香俊哉『七三一部隊と天皇・陸軍中央』岩波ブックレットNo.389、一九九五年）。九五年、七三一部隊による犠牲者遺族たちは、日本政府を相手に賠償を求める裁判を提訴（七三一・南京虐殺等損害賠償請求訴訟）、九九年第一審（東京地裁）で棄却、二〇〇五年第二審（東京高裁）でも棄却、二〇〇七年五月九日、最高裁第一小法廷は、請求棄却の一審・二審判決を支持、原告の上告をさける決定をし、原告敗訴が確定。一九九七年提訴の「七三一部隊細菌戦〈浙江省・湖南省〉国家賠償請求訴訟」においても原告の要求はすべて棄却され、同日、敗訴が確定（松村高夫・矢野久編著『裁判と歴史学　七三一細菌戦部隊を法廷からみる』現代書館、二〇〇七年、などを参照）。なお、『朝日新聞』二〇〇七年六月一二日付は、足跡不明だった戦後の石井四郎の一端について報道（「七三一部隊長　郷里で無料診察」）。なお中堅隊員の多くは、戦後、医学部教授などの公職に就いた、という。

一一二　**〈鳥は塒《ねぐら》にわれは枕するところなし〉**　新約聖書マタイ伝第一四章第二〇節。「狐は穴あり、空の鳥は塒あり、されど人の子は枕する所なし」。ルカ伝第九章第五八節にも同様の記載。なお法王庁とはローマにある法王庁のことである。

一一三　**テオドラキス〈ある五月の朝に〉**　ミキス・テオドラキスは、一九二五年にギリシャに生まれる。ギリシャにおける二〇世紀最高の音楽家といわれる。当初より左派政治家としても活動、第二次世界大戦時はレジスタンス運動で逮捕。戦後の内戦時（一九四五～四八年）も左派として活動、投獄され、拷問を受ける。民衆音楽と、レベチカとして知られるギリシャ流行音楽に関心を抱く。五四年、アテネ音楽院を卒業、パリに逃れ、音楽を勉強。軍部独裁政権時代（六七〜七四年）、地下に潜行、抵抗運動に献身、投獄されたが、獄中でも作曲を続ける。七〇年、病状が悪化、国際世論の高まりで釈放される。八一年からのべ一〇年間、国会議員、八九年には大臣にも就任する。彼の作ったMay dayは、明るいテンポの曲で、労働者の喜びを感じさせる。獄中での著作『抵抗の日記』（西村徹・杉村昌昭訳、河出書房新社、一九七五年）がある。

一一二 **ピカソの〈泣く女〉** 一九三七年作。ピカソとの愛に破れて、苦しむドラ・マールを描く。あふれる悲しみが表現されている

一一四 **〈八十年生きればそりゃぁあなた〉** 斎藤史の詠んだ短歌「疲労つもりて引出ししヘルペスなりといふ　八十年生きればそりゃああなた」の一部（『風翩翻《へんぽん》』不識書院、二〇〇〇年、所収）。

一一六 **詠みし歌人** 馬場あき子。一九二八年生まれ。「鬼の研究」でも知られる。

一一八 **〈徳ヲ樹ツルコト〉** 「教育勅語」の一節。注一〇七参照。『古事記』『日本書紀』をはじめ天皇・天皇家について古代から記されている文献は数知れないが、悪逆非道、乱暴狼藉を働く（たとえば「雄略紀」など参照）天皇も少なからずいた。また血族間に、皇位の継承をめぐってしばしば戦いが起された（たとえば、天智天皇の皇子・大友皇子と天智の実弟・大海人皇子〔のちの天武天皇〕との壬申の乱などがある）。「徳」とは遠くはなれた歴史である。

一一九 **いちにんの男子出生** 二〇〇六年九月、天皇家の「次男」秋篠宮家に「長男」誕生。

一二一 **〈ハーメルンの笛吹き男〉** ドイツの中世の伝説。ハーメルンは、ドイツ連邦共和国のニー

ダーザクセン州に属する。一二八四年に一人の笛吹き男がハーメルンの町から鼠を駆逐したのにもかかわらず、町の人が約束した謝礼をしなかったので、一三〇人の子どもを連れ去ったという伝説。この伝説については阿部謹也『ハーメルンの笛吹き男』（平凡社、一九七四年）に詳しいが、ここで擬せられている「笛吹き男」とは、小泉首相（当時）である。

一二三　**耳塚**　京都市東山区茶屋町（豊臣秀吉を祭る豊国神社の道路の向い側）にある塚。実際は鼻塚。豊臣秀吉は、二度にわたり朝鮮半島に大軍を送り（文禄・慶長の役、韓国・朝鮮では壬辰《イムジン》倭乱という）、侵略戦争を起こした。首級のかわりに鼻をそいで戦功の証とするように命じた。諸大名は、秀吉の命を受け、家臣に朝鮮人の鼻切りを強制、鼻切りは老幼男女の非戦闘員にまで及んだ。そがれた鼻は塩漬けにして秀吉のもとに送られた。またこの壬辰倭乱では、陶工や女性たちなど多くが強制連行された（ちなみに秀吉死後、徳川幕府との間で始まった朝鮮通信使の初期の目的はこれら拉致された人びとを母国に送還させることであった）。一五九七年（慶長二年）、秀吉は「大明・朝鮮闘死の衆」の供養をおこなう。

一二三　**遊就館**　靖国神社の軍事博物館として一八八一年五月竣工。近年に至り、改修されたが、その展示内容は、「戦争肯定・美化」「英霊」神話で満ちている。

一二四　**「ヨボセヨ」**　電話をかける際に最初にいう言葉の韓国語。日本語の「もしもし」に当たる。

一二四　**「マンセイ」と「光復」**　「マンセイ」とは「万歳」の意味。ここでは、日本が敗戦になり、朝鮮半島が日本の植民地支配（強制占領）から解放され、民衆は「マンセイ」と歓喜の声を挙げた。「光復」は解放のこと。八月一五日を韓国では「光復節」といい、祝日である。

一二五　**〈汝のごとく汝の隣りを〉**　新約聖書マルコ伝第一二章第三一節「おのれの如く汝の隣を愛すべし」、マタイ伝第二二章第三九節、ルカ伝第一〇章第二七節にも同様の記載がある。

一二七　**「靖国メモ」**　二〇〇六年七月二〇日、元宮内庁長官富田朝彦のメモが発表された。「メモ」には、昭和天皇が靖国神社の「A級戦犯合祀」に不快感を表明したというもの。天皇が一九七五年以来靖国神社への参拝を取りやめた理由がA級戦犯の合祀にあり「それが私の心だ」と述べたという。靖国神社は、戦前戦中、国家神道の中心施設として、陸海軍が管理し、合祀対象者も陸海軍が選定し、最終的には天皇が決めた。まさに天皇の、天皇のための、天皇による「戦争神社」であった。当時、植民地下にあった、朝鮮人、台湾人を含む「日本国民」は、天皇の名による戦争において「消耗品」扱いされた。右に述べたような事実を隠蔽、マインドコントロールさせる装置が天皇の神社・靖国神社であった。「富田メモ」からうかがえるのは、A級戦犯に全部の責任を負わせ、自らを「平和主義者」「平和愛好家」の仮面をかぶせるのに成功したのに、何を今更という天皇の思いが込められていたと思われる。また大東亜戦争聖戦史観から「A級戦犯合祀」がなされ、戦争を正当化し、東条らの「名誉」回復がなされるなら、一切の責任を東条らに押し付け、責任から逃れることのできた自らの「大元帥」天皇としての責任の本質が暴露されるとの恐れがあったのではないかと思われる（前掲、豊下「昭和天皇と歴史の〝ねじれ〟」、鈴木裕子「崩れる『平和愛好神話』」、前掲『この国のゆくえ　殺される側からの現代史』所収、参照）。

一二九　**「安保の下に基地置き日本の安全を」**　昭和天皇は、占領当時から、一貫して米軍の「駐留」

を希望、日本国憲法が成立して一〇日後におこなわれたマッカーサーとの第三回会見で、天皇は「戦争放棄を決意実行する日本が危険にさらされる事のない様な世界の到来を、一日も早く見られる様に念願せずには居れません」と、「戦争放棄」「非武装」を謳った憲法九条への「不安感」を表明した。これに対しマッカーサーは「戦争を無くするには、戦争を放棄する以外には、方法はありませぬ。それを日本が実行」と九条の意義を説いた。半年後の第四回会見（四七年五月六日、憲法施行から三日後）でも、九条の意義を唱え続けるマッカーサーに対し、天皇は「日本の安全保障を図る為にはアングロサクソンの代表者である米国がそのイニシアティヴをとることを要するのでありまして、その為元帥の御支援を期待しております」と米軍による日本「防衛」を要請した。同年一一月一九日、「二五年から五〇年、あるいはそれ以上にわたる長期の貸与というフィクション」のもとで、米軍による沖縄占領の継続を求める、という「天皇メッセージ」を米側に伝達。しかしマッカーサーは、第四回会見においても「日本としては如何なる軍備を持ってもそれでは安全保障を図ることは出来ないのである。日本を守る最も良い武器は心理的のものであって、それは即ち平和に対する世界の輿論である。自分はこの為に日本がなるべく速やかに国際連合の一員となることを望んでいる」と九条の論理を掲げた。四九年一一月二六日におこなわれた第九回会談では、天皇は「ソ連による共産主義思想の浸透と朝鮮に対する侵略等がありますと国民が甚だしく動揺するが如き事態となることを惧れます」と、共産主義の脅威を訴えたのに対し、マッカーサーが、日本が主権を回復した後も「過渡的な措置」として米英軍が駐留を続ける考えを初めて表明、これを聞いた天皇は「安心致しました」と安堵。しかし半年後の五〇年四月一八日におこなわれた、第一〇回会見で天皇が中国、朝鮮半島、日本など内外の共産主義の動向に触れ、「イデオロギーに対しては共通の世界観を持った国家の協力によって対抗しなければならないと思います」と主張したのに対し、マッカーサーは米軍駐留について明言を避けた。マッカーサーには、朝鮮戦争が勃発するまでは、沖縄の米軍支配さえ確保されているならば日本の「本土防衛」は可能との軍事判断があった。すなわちマッカーサーにあっては、九条と沖縄支配は、「ワンセット」に位置づけられていた。昭和天皇は、右に述べたようなマッカーサーと、当時の吉田茂首相の「私は軍事基地は貸したくないと考えております」（五〇年七月末国会での発言）という態度・姿勢に業を煮やし、五〇年八月、講和問題の責任者であるダレス（のちの米国国務長官）に対し、「文書メッセージ」を直接、送付し、日本の側から自発的、無条件付きの米軍への基地提供の天皇の明確な意思の存在を伝えた。日本占領の最高司令官や吉田首相・外務省の頭越しにまさに「天皇外交」を展開し、その後、結果的に天皇が構想していた、無条件的な米軍への基地提供による駐留という戦後の安全保障体制が構築された。まさに昭和天皇にとって戦後の「国体」とは安保体制そのものであった（前掲の岩下『安保条約の成立』、「昭和天皇と歴史の〝ねじれ〟」及び同氏の「昭和天皇・マッカーサー会見を検証する——「松井文書」を読み解く——（上下）」『論座』二〇〇二年一一、一二月号）。

一三〇 **孔明ならず** 孔明とは諸葛孔明のこと。孔明は字。本名は、諸葛亮。のち蜀の皇帝になる劉備から「三顧の礼」をもって、軍師に招かれた。このとき劉備四七歳、孔明二七歳。時局を見通し、人心を掌握し、知略にたけ、重用される。劉備が死去し、息子の劉禅が即位するとともに、武郷侯に封じられ、幕府（丞相府）を開いて政務をみ、さらに益州の牧をも兼任、国事の決済事項は悉く孔明の手に委ねられる。魏を討つため、「北伐」を二度にわたっておこなうが、五丈原の陣中で病が募り、二三四年、死去。享年五四歳であった。孔明の死を敵軍の将、司馬懿は、住民からの注進で初めて知り、直ちに蜀軍を追ったが、「切羽つまった敵を追い詰めてはかえって危ない」とみて、追撃を中止した。「死せる諸葛、生ける仲達（司馬懿の字）を走らす」という言葉は、この次第を見ていた土地の住民たちがいいはじめたものという（立間祥介『諸葛孔明』岩波新書、一九九〇年）。

一三一　**「東条の内奏癖」**　昭和天皇は、東条英機を「忠臣」として好意を寄せていた。また東条は歴代首相のなかでもきわだって天皇にいちいち「内奏」をおこない、指示を仰いだ。敗戦直後の四六年二月一二日、昭和天皇は、木下道雄侍従次長に「彼〔東条英機〕程、朕の意見を直ちに実行に移したものはない。要するに彼は、近衛〔文麿。元首相〕の聞き上手で実行しないのに反して、聴き下手ですぐ議論をやるから、人から嫌われるのであろう」（木下「側近日誌」『文藝春秋』一九八九年四月号）。なお、昭和天皇の側近であった木戸幸一内大臣も東条に対し、「勅命を重んずることは、他の軍人に比して格別だった」と述べている（朝日新聞東京裁判記者団『東京裁判　下』朝日文庫、一九九五年）。

一三二　**「上御《かみご》一人《いちにん》の命に背きしことなし」**　極東国際軍事裁判（東京裁判）の法廷において一九四七年一二月三一日、東条は「日本国の臣民が、陛下の御意思に反してかれこれするということはあり得ぬことであります。いわんや、日本の高官においてや」と本音を率直に吐露した。マッカーサーの指示を受け、天皇免責を図っていた、首席検事のキーナンは、これに慌てて元陸軍少将・兵務局長であった田中隆吉を通じて、松平康昌から同じく戦犯容疑者として巣鴨プリズンに拘禁中の元内大臣・木戸幸一に伝達させた。木戸が東条に働きかけた結果、翌四八年一月六日の公判廷で、東条は、キーナンの訊問に対し、「それは私の国民としての感情を申し上げておったのです。……天皇の御責任とは別の問題」と前言を翻した。木戸内府とは、木戸幸一内大臣。内府は内大臣の異称。天皇の、文字通り、側近にあって、天皇家の事務と国家の事務にわたって輔弼の任を果たす。なお松平は、木戸のもとに内大臣秘書官長を務め、敗戦直後は、木下侍従次長らと天皇の免責活動に奔走、とくに松平は、キーナンら東京裁判関係者やGHQ幹部らと盛んに接触を重ね、饗応したりした（吉田裕『昭和天皇の終戦史』岩波新書、一九九二年）。

一三二 **二人の兄を戦死させたる友**　前出の古川佳子のこと。古川は、「靖国合祀イヤです訴訟」と共に闘う会発行のリーフレット「靖国合祀イヤです訴訟」所収の「なぜ私は兄の合祀を取り消したいのか」のなかで「息子の生還を待ちわびた父母の許へ、二人の戦死はペラペラの死亡通知書でもたらされた。『これに増す悲しき事の何かあらん亡き子二人を返せこの手に』と、母の怒りは天皇と国家へ向けて放たれた。……首相が靖国参拝に際し、『英霊に感謝し、二度と戦争をしないと誓うため』というのはお門違いも甚だしいし、滑稽でさえある。『骨のうたう』という詩を残し二三歳で戦死した竹内浩三は、手帳の隅に『赤子全部ヲオ返シスル』と書き付けた。多くの兵士、いや私の兄の胸底にもこの痛切な叫びがあったと私は思いたい。偶然筑波の空挺隊で次兄と同じ隊にいたこの兵士のことばは、私には兄の叫びともなって激しく胸をうつのである」と記している。

一三五 **〈マタイ受難曲〉** 近藤芳美は、一九一三年朝鮮に生まれ、二〇〇六年逝去。「マタイ受難曲そのゆたけさに豊穣に深夜はありぬ純粋のとき」。二〇〇七年遺歌集『岐路以後』（砂子屋書房）に収録。

一三六 **〈一旦緩急アレバ〉** 前出「教育勅語」のなかに「一旦緩急あれば義勇公に奉じ以て天壌無窮の皇運を扶翼すべし」の一節がある。

一三六 **長官辞任** 一九七三年五月、増原防衛庁長官は、昭和天皇に「進講」、その模様を次のように語った。天皇「近隣諸国に比べ、自衛力がそんなに大きいとは思えない」、増原「わが国は専守防衛で、野党から批判されるようなものではありません」、天皇「国の守りは大事なので、旧軍の悪いところは真似せず、いいところはとり入れて、しっかりやってほしい」。天皇は、日本国憲法下の「国政に関する権能は有しない」に違反し、高度に政治的な問題発言をおこなったが、それを洩らした増原長官が辞任の詰め腹を切らされた。

一三六 **平成天皇派遣隊員を労いて波しずか** 二〇〇六年一二月一四日、天皇明仁は、イラク派兵の自衛隊員を労い、また防衛庁は、防衛省に昇格（二〇〇七年一月九日、防衛省移行記念式典挙行）、長官は大臣になる。天皇の「労い」は、政治的行為にほかならないが、問題化されず、防衛省への昇格も政府与党の数の力で押しきられたが、大きな争点化にもさせられなかった。

一四四 **ミレー** ミレーはフランスの画家。一八一四〜一八七五年。農民画家、風景画家として知られる。サロンには不向きの画家で、一八四八年のサロン出品作「箕をふるう人」を契機に農民画に転向。翌四九年にはパリ郊外のバルビゾン村に移住。「種をまく人」「落ち穂拾い」「晩鐘」などを描く。「羊飼いの少女」など羊と女性についての絵も多い。

一四六 **曽太郎の〝裸婦〟** 安井曽太郎。京都市中京区生まれ。一八八八〜一九五五年。裸婦像を多く描く。代表的なものとして、一九三三年作の「モデル」がある。〈裸婦素描〉などたくさん描き、人体の真実をきわめたと評価されている。

一五三 **ミゼレーレ賛美歌聖堂に** 旧約聖書「詩篇」第五一篇に「神よ、あなたのいつくしみによって、わたしをあわれみ、あなたの豊かなあわれみによって、わたしのもろもろのとがをぬぐい去ってください……」とあり、賛美歌になっている。

一五四 **モンティセリ** フランス一九世紀の画家。一八二四〜一八八六年。のちバルビゾン派に属す。原色を多用し、絵の具を厚く盛り上げた画風で風景画などを描いた。セザンヌも多大な影響を受けた。

一五四 **モネ** 印象派の代表的画家。一八四〇〜一九二六年。一八七〇年普仏戦争を避け、イギリスへ。七二年制作の《印象—日の出》は、七四年反サロン派芸術家たちのグループ展に出品され、印象派という名を生む。季節や天候の変化、時間の推移による多彩な表情をみせる自然に魅せられる。睡蓮の絵で知られる。

一五五 **モディリアニ** イタリア生まれ。一八八四〜一九二〇年。エコール・ド・パリの画家。エコール・ド・パリの画家のなかでいち早く名声を博し、「無名」な人たちに寄せる共感の点で、表現主義的な傾向を示しているという。

〔注解の参考文献・資料〕

文中に明記したもの以外に以下のようなものを参考にしました。

黒江光彦監修、木村三郎・島田紀夫・手足伸行・千葉成夫・森田義之編集『西洋絵画作品名辞典』（三省堂、一九九四年。同書からは、とくに多大の教示を得ました）
『新約聖書　詩篇附』（文語改訳。日本聖書協会）
『聖書』（日本聖書協会、一九五五年）
塚本虎二訳『新約聖書　福音書』（岩波文庫、一九六三年）
Z・イエール監修、近藤司朗編集、新共同訳『新約聖書語句事典』『旧約聖書語句事典』（教文館、一九九一年～九二年）
中村元訳『ブッダのことば――スッタニパータ』（岩波文庫、一九六三年）
『新訂　標準音楽辞典』（音楽の友社、一九六六年）
西野春雄・羽田昶編『能・狂言事典』（平凡社、一九八七年）
高橋紘・鈴木邦彦編著『陛下、お尋ね申し上げます』（現代史出版会、一九八二年）
高橋紘編『昭和天皇発言録　大正九年～昭和六四年の真実』（小学館、一九八九年）
島田雅彦編著『おことば　戦後皇室語録』（新潮社、二〇〇五年）
原武史・吉田裕編『岩波　天皇・皇室辞典』（岩波書店、二〇〇五年）
『世界大百科事典』当該巻（平凡社）
『日本史広辞典』（山川出版社、一九九七年）
『近代日本総合年表　第四版』（岩波書店、二〇〇一年）

同編集委員会『近現代日本女性人名事典』（ドメス出版、二〇〇一年）
『広辞苑　第四版』（岩波書店、一九九一年）
新谷ちか子＋有光健作成「表　戦争・戦後補償裁判一覧表」（二〇〇七年六月二八日現在）
『新編　靖国神社問題資料集』（国会図書館、二〇〇七年）
宮内庁ホームページ、フリー百科事典『ウィキペディア』、その他当該新聞記事等参照。

編者あとがき

ようやく深山あきさんの歌集『風韻にまぎれず』『風の音楽』が上梓されるにいたりました。旧著『歌集　凪は炎えつつ』とあわせて「風」三部作が揃ったことになります。

深山さんは「私は、皿洗いの家人」「私の短歌は啖呵をきる」と冗談めかしてよく言われます。しかし、わたくしには深山さんの短歌とくに「社会詠」は、過去の体験に検証に検証を重ねて、警世のメッセージを強く発してやまぬものに感じられます。

その社会詠の特徴は、戦争と平和にこだわり、日本国憲法の基本原理である、平和・人権・民主主義を根底にして政治・社会批判を詠んでいるところに真骨頂があると思います。

深山さんが「ああ『慰安婦』」と詠うとき、踏み躙られた人間の尊厳、強いられ続ける苦難苦痛の生活を負わされた女性たちの姿がわたくしたちの胸に深く刻みつけられます。が、そのかなたに何らの責めを負うことなく逝った天皇の人間としての不誠実、無責任の姿が字間に強く投影されているとわたくしには思われます。

歌人の直感は、わたくしなど歴史研究者の万言を費やしても表現しきれぬ「時代」の病巣や本質を鋭く抉ります。この二冊の歌集を手に取られる読者の方々も同様の印象を持たれるにちがいないでしょう。「社会詠」にとどまらず「日常詠」「生活詠」にしても、予見性に目を瞠らずにはおられません。

こう記すと、肩をいからせた「闘士」ふうの女性の印象を読者に与えそうですが、実際の深山さんは、諧謔、ユーモアに富み、いくぶんの韜晦を含んだ、含羞で、チャーミング、人あたりの柔らかな方です。いくさなき地球、飢餓・貧困・苦痛に苦しむ人びとがこの世から一人もいなくなることを心から願う「平和」のひとです。

わたくしは、縁あって、数年前から深山さんの未刊行の歌稿を読む機会を得ました。昨年三月、是非一冊に纏めたいとの思いを深め、それを深山さんにお伝えしたところ、短歌にはまったく素養のないわたくしに寛容にも編集の任をまかせられました。わたくしは、今ごろになって自らの無謀さを痛感させられていますが、深山さんの半世紀以上にわたる歌業に傷がつかぬことを今は祈りつつ、現在と未来を担う若い方々に一冊でも多く、本歌集が手に取られ、読まれることを心から願っています。

なお個人的なことですが、奇しくも深山さんが敬愛してやまない尹貞玉先生のご著書『平和を希求して』(白澤社、二〇〇三年刊行)の編集に続き、この度の深山さんの歌集の編集に携われたことがわたくしには僥倖に思われてなりません。「慰安婦」被害者に身を重ね、「慰安婦」問題解決運動に注がれてきた尹貞玉先生と、深山さんが被害者の女性たちに寄せる重く深い痛み、尹貞玉先生との運命的な出会い、それらについて感慨を覚えずにはいられません。

本歌集は、短歌誌に投稿された約三千首の歌及び未投稿の歌（それらの歌のなかには「朝日歌壇」や『神戸新聞』文芸欄に掲載されたものもあります）から取捨選択し、原則として投稿順に並べ、小テーマをつけました（例外的に主題で纏めたものもあります）。著者である深山さんから折々にアドバイス・ご示教を頂戴したのはいうまでもありません。

日本と世界が戦争と破壊への道を歩み、滅びへの途に向かっているいま、本歌集が多くの方に読まれることを切に願ってやまない次第です。

二〇〇七年七月四日　盧溝橋事件勃発七〇年を前に。

鈴木裕子

あとがき

敗戦の日の夜、家々に電燈が点り、空襲のない静かな星空を仰いだ時、ああこれが平和なのだと思い、戦争はもう絶対にしてはいけないのだと思い、平和への希求を深めました。「軍隊と軍備を持たず、戦争をしない、小さくともよい、つつましく平和な国」を私は戦後ずっと希いつづけ、ですから一貫して〈非武装・中立〉を支持して来ました。そして戦争の中核にあった天皇問題について少しずつ学んでゆくことになります。

明治期よりの〈脱亜入欧・富国強兵〉の政策、そのため教育も〈世界で一つの神の国〉でアジア蔑視・天皇制軍国主義教育を受けました。

「戦争はどのような人々によって、どのようにして起こされたのか」ということの糾明が、国民自体にもなかったと思います。被害ばかりを語り、加害を知らされず、語らず、日本政府もまた、侵略・虐殺・「慰安婦」問題に、加害国としての心からなる謝罪も、国の責任としての賠償もしてきておりません。「戦争の総括」がきちんと何一つできておらず、

「不幸なる過去の一時期」とさらりと逃げて、次の戦争へ踏み込もうとするのでしょうか。「聖戦・靖国」の歴史認識と思想を持つ人々がそのまま政権の座にあり、六十二年後の今日も、「戦前・戦中」と「戦後」は地続きのような感じです。自衛隊の防衛費は世界第三位ですが、それでも足りず、「憲法改悪・戦争のできる国」への濁流が、急速度で押し寄せ、もう戦中の感じさえします。

草の根〈九条の会〉が全国に六千二百を超えました（二〇〇七年一月）。先頃の五月三日の憲法記念日には、新聞は少し報道しましたが、それまで〈九条の会〉の報道は皆無に近いものでした。教科書などによって教育が国家統制され、新聞・テレビが御用報道化されれば、政府は思いのまま国民を戦争へと駆り出せるでしょう。

軍備で国を守るなど、考えが固陋に過ぎないのではないでしょうか。兵器が巨大化し、地球が滅びるまで人類は戦争を続けるのでしょうか。叡智を深めなければと思います。

ご研究などで殊のほかお忙しい鈴木裕子先生が、拙い私の歌に関心を持たれ、お心をよせていただきました。そしていくたびも来神され、煩わしい選歌・編集・校正など、自分のことのようにかかわってくださいました。どのようにお礼申し上げてよいか分りません。また梨の木舎の羽田ゆみ子さんにも装丁のことなどお世話になりました。鈴木先生、羽田さんに厚くお礼申し上げます。また歌集出版をあたたかく見守ってくださいました韓国の尹貞玉《ユンジョンオク》先生、追手門学院大学教授で「女性・戦争・人権」学会の志水紀代子先生、古川佳子さんはじめ親しい友人、知人の皆さまに心から感謝申し上げます。

終りになりましたが、「慰安婦」被害者のために、心身をなげうってのご活動をしておられる尹先生との出会いは、私の八十余年の人生で最高のよろこびと光栄でございました。

僭越、ご迷惑かとも存じますが、尊敬してやまない尹貞玉先生にこの歌集を捧げたいと存じます。

深山あき

二〇〇七年六月十九日

著者　深山あき（みやま・あき）
1924年神戸市に生まれる。
著書『歌集　風は炎えつつ』（私家版　1987年）

編・注解　鈴木裕子（すずき・ゆうこ）
1949年東京生まれ。女性史研究家。主な著書に『フェミニズムと戦争』（マルジュ社、1986年）、『従軍慰安婦・内鮮結婚』（未来社、1992年）、『フェミニズムと朝鮮』（明石書店、1994年）、『戦争責任とジェンダー』（未来社、1997年）、『フェミニズム・天皇制・歴史認識』（インパクト出版会、2006年）、『ジェンダーの視点からみる日韓近現代史』（編集責任。梨の木舎、2005年）など。

深山あき歌集Ⅲ
風の音楽——はばたけ九条の心

2007年８月１日　初版発行
著　者　深山　あき
編　者　鈴木　裕子
装　丁　宮部浩司
発行者　羽田ゆみ子
発行所　梨の木舎
〒101-0051
東京都千代田区神田神保町1-42
TEL 03(3291)8229
FAX 03(3291)8090
eメール　nashinoki-sha@jca.apc.org
ＤＴＰ　石山和雄
印刷所　株式会社　厚徳社